Nafru der Geisterwolf

Sabine Kraft

Nafru der Geisterwolf

Bibliografische Information der Deutschen Nationalbibliothek
Die Deutsche Nationalbibliothek verzeichnet diese Publikation
in der Deutschen Nationalbibliografie; detaillierte bibliografische
Daten sind im Internet über http://dnb.d-nb.de abrufbar.

© 2010 Sabine Kraft
Umschlagdesign, Satz, Herstellung und Verlag:
Books on Demand GmbH, Norderstedt
ISBN 978-3-8391-5713-8

Inhalt

Einleitung

Kronenland war ein außergewöhnliches Land, eine Zauberwelt. Seit ewigen Zeiten gab es in Kronenland Kampf um die Regentschaft. In diesem zauberhaften Land wohnten die verschiedensten Völker. Rotbärte, Leworianer, Kandiolen, Pagoner und noch viele andere. Am Anbeginn wurde geschrieben, dass Kandiolen die Herrschaft über Kronenland haben sollten, damit sie darauf achten konnten, dass alle die Gesetze der Ahnen einhalten würden. Das war notwendig für das Zusammenleben aller Völker, sodass sie in Frieden nebeneinander existieren konnten. Jedoch waren nicht alle mit diesen Bestimmungen einverstanden.

Wie alles begann

Alles nahm seinen Anfang vor ewiger Zeit. Die Überlieferung erzählte die traurige Geschichte vom Kampf um die Herrschaft. Damals wurden die Übergriffe, herrschsüchtiger Kreaturen besonders schlimm. In dieser Epoche war Andorella die mächtige Herrscherin von Kronenland. Sie gehörte zu den Kandiolen und war eine kluge Fee. Ihre dunkelgrauen Locken waren von dicken, weißen Strähnen durchzogen und ihr Gesicht zeigte, dass sie schon viele Jahre herrschte. Bereits damals erkannten die Leworianer die Herrschaft von Andorella nicht an. Andorella war mit einem Rotbart verheiratet und sie hatten drei Kinder, die längst erwachsen waren und selbst Kinder hatten. Nur ihr treuer Freund, der alte mächtige Wolf Nafru war der Einzige, der mit dem Paar das Haus noch teilte. Andorella hatte ihn gerettet, als seine Mutter ihn nicht säugen konnte, da sie zu viele Welpen hatte. Er war das schwächste Junge und drohte zu verhungern. Andorella nahm ihn auf und er wurde ein prachtvolles Tier. Andorella war immer mit ihrem Nafru zusammen. Er war ihr treu ergeben und wich nie von ihrer Seite.

Es war eine unruhige Epoche. Seborg war zu dieser Zeit der Anführer der Leworianer. Leworianer waren immer davon besessen an die Macht zu kommen und die Bevölkerung zu unterdrücken. Nach den vielen Jahren der Herrschaft häuften sich die Angriffe auf Andorella. Ihre Kräfte waren nicht mehr so stark, wie am Beginn ihrer Herrschaft. Das merkten die Leworianer und sahen ihre Chance darin. Sie fingen einen Krieg an, der Kronenland ins Unglück stürzte.

Es entbrannte ein Kampf, Kandiolen gegen Leworianer. Dann breitete sich der Krieg über ganz Kronenland aus. Einige Völker schlossen sich den Kandiolen an, andere wieder den Leworianern. Dieser Krieg dauerte einige Jahre und beinahe hätte das den Untergang von ganz Kronenland bedeutet.

So verstrich Tag für Tag, Woche für Woche. Eines Abends saß Andorellas Mann Bogdar mit seinem Kampfgefährten und besten Freund Thurfin an der Feuerstelle im Haus. Viele solcher ruhigen Momente hatte es in der letzten Zeit nicht gegeben und man sah den beiden an, dass sie müde und erschöpft waren.

»Lange werden wir das nicht mehr durchstehen.« sagte Bogdar, während er in das knisternde Feuer sah, »was wenn wir verlieren?« Thurfin fand keine Worte des Trostes, sondern sah nur schweigend zu seinem Freund. Andorella trat ein, wie immer dicht hinter ihr Nafru. Selbst er sah müde aus und ließ sich sogleich neben der Tür nieder. Andorella setzte sich zu ihrem Mann und dessen Gefährten. »Bald ist der Tag der Entscheidung da.«

»Wir lassen euch nicht im Stich. Agmondur und seine Gefährten sind jung und gute, kräftige Krieger. Sie werden Seborg und seine Schattenkrieger in ihre Schranken weisen.« meinte Thurfin und hoffte, dass seine Stimme nicht seine Unsicherheit wiedergab.

»Danke, das weiß ich.« Andorella war von Thurfins Loyalität gerührt und wusste, dass das keine leeren Worte waren. Thurfin, sein Sohn Agmondur und alle die ihr folgten, waren bereit ihre Freiheit und sogar ihr Leben für sie zu geben. »Es wird das Beste sein, wenn wir uns ausruhen, damit wir wieder zu Kräften kommen.« meinte sie und zog sich erschöpft zurück.

Doch der unruhige Schlaf in den sie fiel, wurde bald von Agmondur gestört. Er hatte einen seiner Männer auf Erkundungstour geschickt. »Ich bringe schlechte Nachrichten. Koru, mein Kundschafter hat berichtet, dass Seborg seine Leute im Wolfental versammelt hat. Er wird uns im Morgengrauen angreifen.« Er stand mit gesenktem Kopf vor Andorella, als ob er Schuld an dieser unerfreulichen Nachricht hätte.

»Dann lasst uns keine Zeit verlieren.« Andorella war im nächsten Moment bei der Türe und wollte bereits in die kalte regnerische Nacht hinaus treten.

»Verzeiht, aber das ist nicht alles.« Sorgenvoll sah Agmondur zu Andorella.

»Ja?« Sie blieb in der Bewegung stehen, drehte sich wieder um und ging einen zaghaften Schritt zurück in den Raum.

»Wir haben gehört, dass ein ganzer Trupp Schattenkrieger auf dem Weg zum Wirrwald ist.« man hätte vermuten können, Agmondor schämte sich für diese Worte.

»Ich verstehe.« Andorella wusste, was das bedeutete. Im Wirrwald hatten die Drousen Ihr zu Hause. Seborg war grausam und er kannte die Schwächen seiner Gegnerin genau. Das Volk der Drousen war nicht in der Lage sich selbst zu schützen und so war er sicher, dass Andorella ihre Truppen in den Wirrwald schicken würde, um sie zu schützen.

»Ihr könnt dort nicht hin. Darauf wartet er doch nur.«
versuchte Agmondur sie davon abzuhalten den Kampf
gegen die Schattenkrieger im Wirrwald aufzunehmen.
»Überlasst das mir und meinen Leuten.« Agmondur
setzte an, weiter zu sprechen als er schroff von Andorella
unterbrochen wurde.

»Kein Wort mehr. Ich kann die Drousen nicht ihrem
Schicksal überlassen.« Nun trat sie nah zu Agmondur
und legte ihm sanft ihre Hand auf die Schulter, »es ist
meine Bestimmung. Ich kann mich meiner Verantwor-
tung nicht entziehen. Es muss mir gelingen, Kronenland
vor dem Untergang zu retten.« mit diesen Worten verließ
sie sicheren Schrittes ihr Refugium.

So kam der schrecklichste Tag in Andorellas Leben.
Ihr Mann kämpfte mit seinen Leuten im weit entfernten
Wolfental gegen die Horden Seborgs, die im Morgen-
grauen angriffen.

Sie war mit Agmondur und dessen Kampfgefährten
inzwischen auf dem Weg zu den Drousen und versuchte
sich mit ihren Leuten im Wirrwald zu verbergen. Doch
Seborg und seinem Gefolge war es gelungen, sie auf-
zuspüren. Es entbrannte ein wilder Kampf, der noch
schrecklicher war, als alle vorhergegangenen. Die Erde
bebte unter den tosenden Kampfgeräuschen der Schattenkrieger. Schattenkrieger machten jedem Angst. Diese
großen dunklen Gestalten in ihren beeindruckenden
Kampfanzügen erinnerten alle daran, dass sie rück-
sichtslos gegen jeden vorgehen, der sich ihnen in den
Weg stellte.

Andorella versuchte verzweifelt mit ihren mutigen
Leuten das Volk der Drousen zu beschützen. Agmondur

der junge Rotbart und Sohn des besten Freundes ihres Mannes, führte seine tapferen Gefährten an. Sie schickten endlos viele Schattenkrieger in ihre Welt zurück. Doch es schien, dass für jeden besiegten Gegner zwei weitere wieder aufstanden. Andorella war plötzlich von Schattenkriegern umzingelt.

Nafru war rasend vor Wut auf die Angreifer. Wie ein Höllenhund wütete er in den Reihen der dunklen Gesellen, die sich als Ziel die Vernichtung Andorellas gesetzt hatten. Plötzlich schälte sich ein Angreifer aus den Reihen und griff Andorella von hinten an. Sie konnte sein tot bringendes Schwert nicht sehen. Nafru sprang mit einem gewaltigen Satz vor den Angreifer und stellte sich zwischen sie und die tödliche Klinge. Er wurde schwer verwundet. An seiner linken Flanke klaffte eine große todbringende Wunde.

Andorella sah ihren Nafru blutend wie tot daliegen und erstarrte für einen Moment. Fast wäre ihr das endgültig zum Verhängnis geworden. Doch wie aus dem Nichts kamen ihnen Bogdar und Thurfin zu Hilfe. Die beiden hatten die Schlacht im Wolfental für sich entscheiden können und waren so schnell sie konnten mit ihrer Einheit in den Wirrwald geeilt, um Andorella beizustehen.

Dank der unerwarteten Hilfe konnten Andorella und ihre Anhänger mit letzter Kraft entkommen. Die letzten ihrer Gefolgsleute sammelten sich im Schutz der Dunkelheit in einer Höhle der Holegrims.

Die Herrscherin stand in der Dunkelheit am Höhleneingang und blickte auf die verbliebene Truppe. Die Verwundeten wurden von einem Heiler versorgt. Alle die das Glück hatten, unversehrt davongekommen zu sein, hatten sich in der Höhle verteilt und ließen sich auf ihren Lagern nieder. Sie versuchten für den nächsten Tag wieder zu Kräften zu kommen. Andorella hatte von ihren Spähern erfahren, dass Seborg neue Schattenkrieger gerufen hatte, um morgen den vernichtenden Schlag gegen Andorella zu führen. Ihr war bewusst, dass sie mit diesen lädierten und erschöpften Kämpfern keine Chance hatte, noch eine Schlacht für sich zu entscheiden. Die Lage war verzweifelt.

Wie Nafru zum Geisterwolf wurde

Jedem Herrscher war es möglich, bei Bedrohung für Kronenland die Geister aller ehemaligen Herrscher um Hilfe zu bitten. Es war bereits tiefe Nacht. Andorellas sonst so beeindruckende Haarpracht hing zersaust über ihre Schultern. Der Platz den Andorella gewählt hatte, zeigte ein unheimliches Licht. Sie hatte Bogdar gebeten, Nafru zu ihren Füßen zu legen. Bogdar küsste sie schweigend auf die Stirn und ließ sie allein. Sie begann fremde Worte zu sprechen:

»Ad ossum Uratur peperit me transvoratum donec puellarum.«

Kaum hatte sie die Worte der Formel zu Ende gesprochen, tauchte vor ihr ein flimmerndes Bild mehrerer durchscheinender Gestalten auf und eine verzerrte, unwirkliche Stimme ertönte:

»Was können wir für dich tun?«

»Verzeiht, dass ich eure Ruhe störe, doch die Lage ist aussichtslos. Mein Gefolge hat bis ans Ende seiner Kräfte gekämpft. Doch die dunklen Krieger, die Seborg gerufen hat, sind uns an Zahl weit überlegen und meine Zauberkraft reicht nicht aus, um sie in das ewige Reich zurück zu schicken. Ich habe den letzten Angriff nur überlebt, weil mein treuer Freund den tödlichen Schlag abgefangen hatte.« Traurig strich sie Nafru über sein mit Blut verklebtes Fell. Sie wusste, dass sein Tod nicht mehr fern war. Für kurze Zeit, war es wieder ganz Still, nur der röchelnde Atem Nafrus war zu hören. Andorella wartete geduldig, bis sich die Stimme wieder meldete.

»Wir werden nicht zulassen, dass Seborg oder irgendwelche machthungrige Individuen Kronenland oder andere Welten in Gefahr bringen.« Die Geistwesen der ehemaligen Herrscher entschlossen in dieser schicksalhaften Nacht Andorella gegen die Bedrohung für Kronenland zu helfen. Sie trafen eine kluge Entscheidung, die Kronenland auch bei zukünftigen Problemen hilfreich sein würde. »Wir sammeln unsere Kräfte und übertragen sie vereint auf deinen Begleiter Nafru. Er ist am Ende seines jetzigen Lebens angelangt. Wir haben beschlossen, deinem treuen Freund, der nun bald die irdische Welt verlassen wird, eine wichtige Aufgabe zu übertragen. Ab jetzt wird Nafru unser Bote. Er wird der Hüter unserer vereinten Kräfte und mit ihm an der Seite wird es dir und jedem folgenden Herrscher möglich sein, die dunklen Krieger in ihre Welt zurück zu verbannen und alle anderen Bedrohungen fern zu halten. Sollte jemals ein neuer Krieg drohen, wird er in die irdische Welt zurückkehren und mit unseren Kräfte den rechtmäßigen Herrscher unterstützen.«

Andorella konnte nicht erkennen, wer gesprochen hatte, doch sie fühlte seit langer Zeit wieder eine gewisse Sicherheit und fasste Mut. Sie war sicher, dass Hilfe in Aussicht war. Im nächsten Augenblick stand Nafru vor ihr. Es sah aus, als hätte er nie im Sterben gelegen. Nur an seiner linken Seite erinnerte eine riesige Narbe an den verhängnisvollen Kampf.

»Alter Freund, wie schön, dass es dir wieder gut geht.« freute sich Andorella.

»Vergiss nicht, Nafru ist ab jetzt Unsterblich. Von nun an ist Nafru der Bote der Urahnen und Überbringer unserer Kräfte. Für ihn gibt es zwischen Geisterwelt und irdischer Welt keine Grenze mehr. Er soll von nun an den jeweiligen Herrscher unterstützen, Krieg verhindern und Kronenland beschützen. Der Körper von Nafru wird nach der Wiederherstellung des Friedens mit unseren Kräften in die Geisterwelt zurückkehren.«

Bereits vor Morgengrauen brachen Andorella und Nafru auf, um Kronenland zu befreien. Wie durch ein Wunder erholten sich Andorellas erschöpfte Anhänger über Nacht und sie erhoben sich wie Phoenix aus der Asche und führten mühelos ihre Schwerter und Lanzen gegen Seborgs Armee. Ein Sturm fegte über die Schlachtfelder und trieb die dunklen Krieger in die Tiefen zurück, wo sie herkamen. Andorella drängte im Wirrwald mit ihrem Gefolge die feindlichen Krieger zurück, während Bogdar und Thurfin mit ihren Truppen im Wolfental die Angreifer in die Flucht trieben. Bald hatte die Herrscherin mit Hilfe des neuen Nafru den Krieg beendet und der Weg für den rechtmäßigen Nachfolger war geebnet. Seborg begriff sehr schnell, dass er keine Chance gegen diese Macht hatte und zog sich wutentbrannt in seine Ländereien zurück.

Andorella erkannte, dass Nafru seine Pflicht erfüllt hatte und seine Zeit gekommen war, in das Reich ihrer Vorfahren heimzukehren. Der Abschied fiel ihr schwer, da sie wusste sie würde ihn nie wieder sehen. Er verschwand, wie von den Ahnen bestimmt, mit den Kräften des Rates in die Geisterwelt. Sie tröstete sich damit, dass er nun allen zukünftigen Herrschern und Herrscherinnen zur Seite stehen würde.

Schloss Imhalla beim Dorf Hainingen

Dieser Krieg ereignete sich vor langer Zeit und seit Jahrhunderten überbrachte Nafru die Kräfte dem jeweiligen neuen Herrscher und verhinderte, dass streitbare Wesen sich damit bereichern konnten. Er besuchte die Welt der Lebenden selten. Doch sobald die Zeit einer neuen Übergabe an den nächsten Herrscher bevorstand und damit eine unruhige Zeit auf Kronenland zukam, überwachte er den rechtmäßigen Ablauf.

Es gab nur wenige Verbindungen zu den verschiedenen Welten. Und manchmal geschah es, dass das Schicksal zwei Universen aufeinander treffen ließ.

An der Grenze zur Menschenwelt lag das alte Schloss Imhalla. Es stand in dem Wald, welches das Dorf Hainingen umgab. Es lag so weit abseits des Dorfes, dass die Zivilisation den Weg dort hin noch nicht gefunden hatte. Man hätte glauben können, die Zeit sei hier vor Jahrhunderten stehen geblieben. Niemanden interessierte hier Fernsehen, Computer oder Handys. Im Schloss gab es nicht einmal einen Anschluss an das Stromnetz. Keiner besaß ein Auto und niemanden störte es, dass es keinen asphaltierten Weg zum Schloss gab. Nur ein schmaler Trippelpfad, bahnte sich seinen Weg von dem großen schmiedeeisernen Tor, den Wald entlang, vorbei an der großen Wiese, bis man nach einem langen Fußmarsch endlich zu einem alten Landwirtschaftsweg kam, der dann am hinteren Teil des Dorfes endete. Dieser Verbindungsweg war das dünne Band zwischen den Bewohnern vom Schloss und den Menschen im Dorf. Er war teilweise von Unkraut verwachsen, da kaum jemand einen Grund fand, das Schloss zu besuchen. Es lud nicht gerade zum Verweilen ein. Außer ein paar Naturliebhabern zog es niemanden in diese Gegend. Düster und Gefahr drohend, wie Finger, lugten warnend die Türme von dem verfallenen Prunkbau in den Himmel. Niemand wusste, sollten die hohen, dicken Mauern das Anwesen vor Gästen oder die Gäste vor dem Schloss schützen.

Adholm, der Besitzer bevorzugte die Einsamkeit. Er stapfte mit seinen enormen Füßen durch den Garten. Er war von Angst einflößender Gestalt. Seine Erscheinung erinnerte an die alten Wikinger. Die karottenroten Haare und der ebenso rote Bart glichen einer Löwenmähne und machten sein Aussehen noch mächtiger. Am Gürtel baumelte ein Kurzschwert, weshalb ihn die Dorfbewohner immer mieden und so wurde er zum wunderlichen Einzelgänger. Keiner hatte ihn je auch nur in der Nähe des Dorfes gesehen.

Sein stolzer Diener Lem mied, soweit es möglich war, die Gesellschaft der Menschen ebenso wie sein Herr. Nur selten kam er ins Dorf, um im Laden von Großmutter Emma Lebensmittel und andere Dinge einzukaufen. Seine weißblonden Haare waren säuberlich mit Gel zurückgekämmt. Er schien noch riesiger zu sein, als sein Herr, aber er sah alt aus. Und durch seine Größe hatte er einen runden Rücken bekommen. Er wirkte, als hätte er eine große Last zu tragen. Sein Gang war schwerfällig und langsam. Seine Augen waren blassblau und sein stechender Blick ging einem durch und durch.

Fribo, der alte Gärtner war ungleich kleiner als die anderen beiden Schlossbewohner. Doch auch ihn zierte ein langer Bart, welcher aber ein wenig mickriger war, wie der von Adholm. Jeden Tag kämpfte er den aussichtslosen Kampf gegen das Unkraut. Der Garten war viel zu groß für einen einzelnen Gärtner und so wurde im laufe der Zeit der größte Teil des riesigen Schlossgartens zu einem alten verwunschenen Park. Dicke Ranken umzogen bereits das Schloss und die Schlossmauer, was alles noch unwirklicher scheinen ließ. Von dem einstigen Prachtbau bröckelten an allen Ecken und Enden lose Steinchen, das Dach wies an manchen Stellen Löcher auf, durch die der Regen ungehindert eindringen konnte. Der Mörtel aus einer vergangenen Epoche, war von unzähligen kleinen Rissen durchzogen. Es war verwunderlich, dass er noch immer die Wände zusammenhielt.

Es begann bereits zu dämmern und Nebel zog aus dem Moor auf, das sich hinter dem Schloss erstreckte. Adholm und sein Diener Lem kamen aus dem Schloss und gingen eiligen Schrittes zu dem eifrigen Gärtner. Fribus erhob sich alsgleich und erwartete die Befehle von Adholm.

»Fribus, ich denke das Unkraut muss warten. Komm wir müssen noch einen Rundgang machen. Die Nacht wird unruhig und gefährlich, deshalb werden wir bis zum Morgen beim Eingang Wache halten. Die Zeit der Übergabe ist bald gekommen und wir müssen auf der Hut sein.« Die Stimme Adholms klang entschlossen, obwohl der Ausdruck in seinen Augen besorgt wirkte.

»Wie ihr befehlt Herr.« eifrig ging Fribo hinter seinem Herrn und Lem her. Wachsam schritten sie Stunde um Stunde durch die Nacht. Einmal gemeinsam, dann wieder getrennt. Während Adholm mit seinem Dämonenschwert bewaffnet war, holte Fribus eine Drachenaxt. Lem war kein Krieger, aber er zögerte keine Sekunde und begleitete mutig die beiden Wächter. Im Falle eines Übergriffes wollte er seine Größe nutzen und hatte eine Lanze als Bewaffnung gewählt. Sie verzichteten auf Fackeln als Lichtspender, um sich besser verbergen zu können. Wieder deutete Adholm in die Richtungen, in die Fribus und Lem gehen sollten, während er sich in eine andere Richtung zu entfernen begann.

Dann kurz nach Mitternacht bemerkte Fribus plötzlich einen Schatten hinter sich. Noch bevor er wusste was geschah, schlug ihn etwas Hartes gegen den Kopf und es wurde ihm schwarz vor den Augen. Lem hörte dieses dumpfe Geräusch, wollte sich schnell umdrehen, doch auch ihm erging es nicht besser. Er konnte nur noch einen kurzen Warnruf ausstoßen, bevor auch ihn ein harter Schlag auf den Hinterkopf niederstreckte. Adholm hörte Lems Warnruf, sah über seine rechte Schulter nach hinten und sah von weitem die schattenhaften gesichtslosen Gestalten, welche Fribus und Lem bezwangen. In Windeseile rannte er zu den beiden Glücklosen und wollte ihnen zu Hilfe kommen. Doch auch er war chancenlos. Aus allen Himmelsrichtungen kamen die Angreifer. Er streckte gekonnt viele dieser kriegerischen Gesellen nieder, doch die Überzahl war zu mächtig und auch ihn ereilte das gleiche Schicksal, wie das seiner Kameraden.

Ferienbeginn für Florentine und Kenny

Fernab in der Menschenwelt ahnten nur wenige von den Vorgängen in Kronenland. Alles ging seinen gewohnten Lauf.

Florentine und Kenny stiegen fröhlich aus dem Schulbus. »Geschafft«, sagte Kenny, »endlich Ferien.«

»Schau, da sind Mama und Papa.« Auf der anderen Straßenseite standen bei den anderen fröhlich winkenden Eltern Florentines Eltern, Odella und Jan Andres und auch sie winkten übereifrig den Kindern zu. Artur, Florentines kleiner Bruder saß in seinem Buggie und knabberte an einem Keks. Quietschvergnügt ahmte er die Erwachsenen nach und wackelte mit seiner kleinen Hand hin und her.

Die Schulbusstation war gegenüber von der Kirche mitten im Ort. Jeden Morgen holte hier der Schulbus die Kinder für die Schule ab und jeden Nachmittag brachte er sie wieder zurück an die gewohnte Stelle.

Heute öffneten sich das letzte Mal zischend die Bustüren bis zum Schulbeginn im Herbst und entließ die Sprösslinge in die Ferien.

Eifrig und stolz stürzten die Kinder in Richtung Eltern und manche schwenkten ihr Zeugnis über dem Kopf, um zu zeigen, dass sie ein erfolgreiches Schuljahr hinter sich hatten. Es waren nur acht Kinder. Mehr schulpflichtige Kinder gab es in dem kleinen Dorf nicht. Wer Hainingen als Wohnort wählte suchte die Nähe der Natur und Ruhe.

Aber nicht alle Dorfbewohner waren angenehme

Nachbarn. Ohne Vorwarnung und ohne ersichtlichen Grund rempelte Ulrich Thaller Florentine absichtlich an. Er war wie immer in Begleitung seiner beiden Schatten Roland Döllerer und Konrad Bleichert. »Geht ihr jetzt nach Hause, zu Mama und Papa?« fragte Ulrich provokant.

»Halt die Schnauze.« fauchte Kenny zurück und ging einen Schritt auf die Streithähne zu.

»Ach, lass doch.« sagte Florentine gelangweilt und zog Kenny von den drei Provokateuren weg und beachtete sie schon nicht mehr. Ulrich Thaller und sein Gefolge glaubten, sie seien etwas Besseres, weil ihre Eltern reich waren. Auch die Eltern von Ulrich und Roland waren gekommen. Nur die Eltern von Konrad fehlten wieder.

Zuerst heuchelte Ulrich den beiden Freundschaft vor, doch sehr bald bemerkten Florentine und Kenny, dass Ulrich nur Mitläufer brauchte, vor denen er angeben konnte und die machten, was er wollte. Roland war ein schwächlicher, blasser Junge und nicht besonders klug. Während Konrad durchaus als klug zu bezeichnen gewesen wäre, wenn er sich nicht so leicht von Ulrich beeinflussen hätte lassen. Konrad war regelmäßig bei Ulrich, weil seine Eltern berufsbedingt oft im Ausland waren. Die Eltern der beiden waren sehr gut befreundet und die Erwachsenen hatten vereinbart, dass Konrad in dieser Zeit immer bei den Thallers wohnen sollte. Konrad fügte sich in die Situation und arrangierte sich mit Ulrich.

Nachdem Florentine und Kenny sich von Ulrich und seinen Mitläufern nicht beeindrucken ließen, wurden die beiden bald zum Ziel boshafter Angriffe von den drei Unruhestiftern. Florentine und Kenny wussten sich zwar immer zu wehren, aber diese Sticheleien und Angriffe waren sehr nervig.

Florentine und Kenny gingen auf die andere Straßenseite. »Na, ihr beiden, jetzt habt ihr es überstanden.« meinte Florentines Vater und gab Kenny einen zaghaften Klaps auf die Schulter. »Du kommst gleich mit uns Kenny«, sagte er, »deine Eltern kommen heute rüber und wir grillen zur Feier des Tages.« informierte sie Florentines Vater.

»Lecker!« freute sich Kenny.

Florentine und Kenny lebten seit ihrer Geburt im Dorf. Da Kenny nur drei Wochen vor Florentine geboren wurde, freundeten sich beide Familien an.

Das Dorf lag abseits der großen Autostraßen. Als Jan und Odella hier her zogen, bestand es nur aus ein paar Häuschen. Die Natur war unberührt, was es für viele Stressgeplagte sehr reizvoll machte. Odella und Jan hatten sich damals für ein gemütliches Landhaus am Rande des Dorfes entschieden. Auf der Hinterseite des Häuschens befand sich ein kleiner idyllischer Garten. Größer musste er nicht sein, weil gleich hinter dem Gartenzaun eine Wiese anschloss und hinter dieser grünen Pracht lag bereits der weitläufige Waldesrand. Als Odella und Jan als frisch verheiratetes Paar das Haus kauften, war es verfallen und der Garten verwildert. Aber Jan renovierte liebevoll das Haus und machte es zu einem Schmuckkästchen. Odella gestaltete eine reizende farbenfrohe Oase aus dem wuchernden Dschungel, der ein Garten hatte sein sollen. Ihr ganzer Stolz waren die herrlich duftenden Rosen, die immer im Herbst ihre ganze Pracht zeigten.

Kennys Eltern haben sich fast zur gleichen Zeit für ein

altes Fachwerkhaus entschieden. Es lag nicht weit von Familie Andres Haus an der Straße, die Richtung Dorfmitte führte. Es war viel besser in Schuss. Damals begann auch die Freundschaft der beiden Familien. Nach der Geburt der beiden Kinder, hatten sie noch mehr gemeinsame Interessen und waren sehr oft zusammen.

Zum Leidwesen von Hainingens Bewohnern entdeckten in letzter Zeit reiche Familien die Idylle des Dorfes, welche oben auf dem Hügel ihre modernen Ferienhäuser bauten. Auch Ulrichs, Rolands und Konrads Eltern gehörten zu den stolzen Besitzern neu erbauter Prunkhäuser auf der Anhöhe. Die Erhebung lag am Ende des Dorfes und die Straße zur Stadt teilte das Dorf in zwei Hälften. So strahlte die eine Seite eine urtümliche heimelige Idylle aus und der andere Teil wurde von neu gebauten, modernen Häusern dominiert. Das Zuhause von Florentines und Kennys Familien befanden sich in dem idyllischen Teil, während die Villen von Ulrichs, Rolands und Konrads Familien sich im neuen Teil befanden.

Ulrichs Eltern hatten sogar einen Gärtner beauftragt, der den Garten in Schuss halten sollte. Die private Grünanlage sah aus, wie ein kleines Versailles und passte überhaupt nicht zum Rest der Landschaft. Andere Neusiedler dieser Liegenschaften versuchten es mit einer Kopie eines japanischen Gartens, während sich wieder andere mit viel Rasen und ein paar Zypressen oder ähnlichem zufrieden gaben.

Es kam immer öfter zu Streitigkeiten um das Landschaftsbild zwischen den Einwohnern und den Wochenendhausbesitzern. Diese glatten Betonhäuser mit ihren riesigen Glasvorbauten und ihren großen Gärten in denen unbedingt ein Swimmingpool sein musste, um anerkannt zu werden, waren noch das kleinere Übel. Die Bewohner des neuen Viertels wollten, dass die Landstraße ausgebaut werden sollte, da sie viel in die Stadt pendelten. Das war den Bewohnern des alten Viertels gar nicht recht. Alle, die hier vor vielen Jahren hergezogen sind, haben bewusst die Stille dieses Ortes gewählt und nahmen gern die Nachteile in Kauf. Sie wehrten sich gegen dieses Vorhaben.

Ulrichs Familie hatte sich hier vor drei Jahren das Wochenend- und Ferienhaus gebaut. Und deshalb verbrachte auch er die Ferien hier und seine Freunde waren fast immer bei ihm. Am liebsten saßen sie vor dem Computer oder balgten im Swimmingpool herum. Aber wenn ihnen das zu langweilig wurde, dachten sie sich allerlei gemeine Streiche aus. Wenn sich die Leute bei den Eltern von Ulrich beschwerten, konnte man sehen, woher Ulrich sein Verhalten hatte. Sein Vater war arrogant und verletzend und manchmal fand er die üblen Streiche seines Filius sogar lustig. Er war ein reicher Banker, aber wenn man seinen unangenehmen Charakter außer Acht lassen würde, könnte man ihn durchaus als attraktiv bezeichnen. Er war nicht sehr groß. Tennis und Schifahren hatten ihm eine sportliche Figur gegeben und seine Haut war Solarium gebräunt. Sein volles helles Haar hatte durch die Naturwelle einen etwas altmodischen, aber schicken Schnitt. Seine Frau war passend zu ihm, nicht besonders groß und viel zu schlank. Ihre reelle Haarfarbe kannte man nicht, da sie regelmäßig von einem Modefriseur in der Stadt ihre Haare machen ließ und oft schillerte sie in der neuesten Tönung. Sie arbeitete in der Redaktion einer Modezeitschrift und konnte einen Großteil ihrer Arbeit von zu Hause erledigen. Dass ihr der neueste Look und ihr Erscheinungsbild sehr wichtig waren sollte jeder sehen. Man munkelte, dass sie deshalb schon öfter bei einem Schönheitschirurgen Hilfe gesucht hatte.

Gerne warfen Ulrich und seine Bande Knallfrösche in die Gärten oder stießen Mülleimer um. Ihre Kreativität kannte keine Grenzen. Einmal hatten sie der Katze von Großmutter Emma eine Glocke an den Schwanz gebunden. Das arme Tier war ganz verstört, als es zu Hause ankam. Großmutter Emma war immer erfreut, wenn Kinder zu ihr kamen. Nur mit Ulrichs Bande hatte sie kein gutes Verhältnis. Nach dem Vorfall mit ihrer Katze war sie wirklich empört und ging zu Ulrichs Eltern. Als sie klingelte, öffnete sein Vater. Zum ersten Mal konnte sie einen Blick von dem Inneren des Hauses erspähen. Sie konnte sehen, dass gleich hinter der imponierend teuren Einganstüre ein riesiger Raum begann. Sie vermutete, dass es das Wohnzimmer war. Nein, das war nicht das richtige Wort. Wohnsaal traf es eher. Sie konnte auch cremefarbene Glanzfliesen erkennen. Oder war es Carrara Marmor? Und mitten in dem Wohnraum stand eine überdimensionale helle Sitzgarnitur. Auch konnte sie einen Teil einer Treppe im hinteren Teil des Raumes sehen. Mehr konnte sie durch den Spalt, den Ulrichs Vater geöffnet hatte nicht erkennen.

»Ich bitte um Entschuldigung für die Störung«, begann sie, »aber es geht um ihren Sohn.«

»Ja?« meinte er und verschränkte die Arme vor seiner

Brust um seinen Unmut der Störung zu demonstrieren.

»Tja, sehen sie« fuhr sie unbeirrt fort, »dass Kinder manchmal etwas, … ja wie sage ich?« sie überlegte kurz. » … etwas übermütig sind, kann ich ja verstehen, aber bitte sagen sie ihrem Sohn, dass er die Tiere in Ruhe lassen soll.« Ulrichs Vater sagte noch immer kein Wort und stand noch unverändert mit verschränkten Armen da. Er hatte nur begonnen, leicht mit den Füßen auf und ab zu wippen, was eine gewisse Anspannung verriet.

Als er weiterhin nichts sagte, wurde sie konkreter: »Ulrich und seine Freunde haben gestern meiner Minki eine Glocke an den Schwanz gehängt, das ist eine richtige Qual für eine Katze. Verstehen sie?« sie musste sich sehr beherrschen, dass sie nicht lauter wurde, weil sie diese arrogante Pose von Herrn Thaller als sehr respektlos empfand.

Trotzdem versuchte sie es weiter: «Sie lief verschreckt herum und auch nachdem ich sie von diesen Glöckchen befreit hatte«, sie hatte die Schnur mit dem Glöckchen mitgebracht und hielt es ihm vor das Gesicht, »verkroch sie sich und hat sich bis jetzt nicht richtig erholt.«

Jetzt nahm er endlich die Arme runter, aber das einzige was der Vater zu Großmutter Emma sagte, war: »Was regen sie sich wegen so eines hässlichen Viehs so auf.« und dann schloss er grußlos die Türe. Sie ging verärgert und leise vor sich herschimpfend nach Hause. Aus Wut schmiss sie das Glöckchen, das wie zum Protest klingelte, in die perfekt geschnittenen Thujen. Seit diesem Vorfall herrschte Eiszeit zwischen ihr und der Familie Thaller.

Sie weigerte sich ihm oder seiner Familie etwas zu verkaufen, obwohl sie das Geld gut brauchen könnte.

Alle im Dorf nannten Emilie Liebknecht, wie sie mit bürgerlichem Namen hieß, Großmutter Emma. Die Dinge in ihrem Geschäft waren so ausgesucht, dass für jeden etwas dabei war. Lebensmittel, Haushaltsgeräte und noch sonst dies und das. Wenn man eintrat, streifte die Tür über Glöckchen, die oberhalb der Tür angebracht waren, was ein lustiges Klingeln verursachte. Es roch ganz speziell, irgendwie nach allem, was in dem Landen war. Wie nach altem Holz und Schuhcreme und Seife und auch ein bisschen nach Käse und Wurst. Alles war fein säuberlich sortiert, aber es wurde jede Möglichkeit etwas abzustellen von ihr genutzt, was den Verkaufsraum ein wenig überladen wirken ließ. Besonders interessant waren für Florentine und Kenny die Süßigkeiten, die sie in großen geschlossenen Gläsern auf der Theke stehen hatte. Sie kosteten nicht viel und wenn man Glück hatte, bekam man auch ein Stück geschenkt.

Reich würde Großmutter Emma mit ihrem Laden nicht werden, aber sie hatte ihr Auskommen und konnte zufrieden zu sein. Florentine und Kenny waren sich einig, dass sie die besten Geschichten kannte. Sie erzählte immer wieder so schöne schaurige Abenteuer von einem Land, das sich laut ihrer Behauptung, nicht weit vom Dorf befand. Darin gab es Feen, Hexen und Magier. »Vielleicht begegnet ihr eines Tages so einem Wesen, dann ist es besser ihr versteckt euch. Man weiß nie, was es im Schilde führt. Nicht alle meinen es gut mit euch.« Sie erzählte von dem alten Herrscher, der schon bald durch einen neuen ersetzt werden würde. »Daran hängt unser aller Schicksal.« meinte sie. Kenny bekam jedes Mal Gänsehaut und fand diese Geschichten großartig schaurig. Er konnte gar nicht genug bekommen.

Da Großmutter Emma in ihrem kleinen Laden nicht alles anbieten konnte, musste man für die großen Besorgungen mit dem Auto in die Stadt fahren. Auch mussten Florentine und Kenny täglich zum Schulbus gefahren werden. Der Schulbus kam nur bis zu der Kreuzung bei der Kirche. Die Kreuzung die wie ein Stern in alle Richtungen ins Dorf führte, stellte auch gleich die Dorfmitte dar. Die Fahrt war zwar ziemlich weit und langweilig, aber das nahmen sie sehr gerne für ihre kleine Idylle in der sie lebten in Kauf. Weit ab von den alltäglichen Problemen der Welt. Hier gab es keinen Smog, keine Staus, keinen Lärm, keine Menschenmassen oder sonstige Probleme, die den Standmenschen so störten. Aber jetzt waren endlich die Ferien da und erst wieder in ein paar Wochen mussten die Schulkinder diese tägliche Fahrt machen.

Doch so wunderbar das Leben im Dorf sein mochte, plagten manche Dorfbewohner andere Sorgen. Für einige würde sogar sehr bald ein neuer Lebensabschnitt beginnen.

Florentine und besonders Kenny hatten den Ferienbeginn kaum erwarten können. Sie freuten sich schon auf ihre Freizeit und hatten sich einiges an Unternehmungen vorgenommen.

»Vergiss nicht, morgen ... du weißt schon«, sagte Kenny verschwörerisch zu Florentine. Kenny und Florentine hatten sich gleich für den nächsten Tag verabredet. Sie wollten zu dem angrenzenden Wald, außerdem waren Florentine und Kenny immer leicht für Abenteuer zu begeistern.

Am Nachmittag kamen wie verabredet Kennys Eltern zum grillen. Kenny war ihr einziges Kind und beide Elternteile arbeiteten in der Stadt. Es sollte ein gemütlicher Tagesausklang werden. Im Garten wartete der Tisch, auf dem bereits die Teller auf einem Stapel standen, darauf lag ein Päckchen ungeöffneter Papierservietten mit einem bunten Muster und das Besteck lag ungeordnet rechts neben den Tellern. Die Gläser standen auf einem Tablett. Odella hatte alles vorbereitet. Grillkoteletten, Würstchen, Kartoffel in Folie und vieles mehr. Kennys Mutter brachte Salate und Saucen mit. Doch in der Eile hatte sie das Brot in ihrer Küche liegen lassen und sie ärgerte sich, weil sie es noch extra besorgt hatte.

»Lass nur«, sagte Kenny, »ich laufe schnell rüber und hole es.«

»Das ist lieb von dir«, sagte Clara, »es liegt in der Küche, auf dem Tisch, in dem Stoffsack.«

»Warte, ich komme mit.« Florentine war ganz froh ein bisschen spazieren gehen zu können. Sie war gerade durch die Terrassentüre ins Haus gegangen, als Odella ihr nachrief: »Ach Schatz, nimmst du bitte Artur mit.« ohne auf ihre Antwort zu warten, gab sie Arturs Trinkfläschchen in das Netz, das an den Griffen vom Buggy baumelte. Sie legte noch eine Stoffwindel hinein und schob Artur in Richtung Florentine. »Er soll ein bisschen schlafen, damit er am Abend nicht quengelig ist. Und wenn du mit ihm spazieren fährst kann er besser einschlafen.« Artur lag in seinem Buggy und nuckelte an seinem Schnuller während er sein Schlaftier, an sich drückte. Es war ein nicht mehr ganz sauber wirkender Hase, der ein Schlaflied spielte, wenn man an der Schnur zwischen den Beinen zog. Das beherrschte Artur schon alleine und so konnte man dieses Lied immer so lange hören, bis er eingeschlafen war.

»Na schön.« Florentine liebte den kleinen Knopf. Er war so süß mit seiner Stupsnase und seinen kleinen Fingerchen. Und wenn er lachte wurde auch sie fröhlich. Kenny fühlte sich wie sein großer Bruder und manchmal wenn er glaubte, niemand könne ihn sehen, konnte man beobachten, wie er ihn herzte. Florentine nahm den Buggy und fuhr ihn geschickt durch das Gartentor. Die beiden schlenderten mit Artur den Weg zu Kennys Haus entlang.

Ärger mit Ulrich und seinen Kumpanen

Alles schien ruhig und man konnte sogar die Blätter rauschen und die Vögel singen hören. Doch dann: »Oh nein. Nicht schon wieder.« stöhnte Kenny und deutete nach links. Da kamen Ulrich, Roland und Konrad und an ihrem Gesichtsausdruck konnte man erkennen, dass sie wieder nichts Gutes im Schilde führten.

»Na, seid ihr euren Alten im Weg? Nicht einmal die brauchen euch.« begannen sie schon von Weitem zu lästern.

»Verzieht euch.« konterte Kenny wütend und wollte schon einen Schritt in Richtung seiner Kontrahenten machen.

»Komm, lass uns einfach weitergehen.« Florentine hielt Kenny am Arm fest, zog ihn in ihre Richtung zurück und hoffte so dem Streit auszuweichen. Doch Ulrich dachte nicht daran Ruhe zu geben. Er trat vor den Buggy und begann Artur die Zunge rauszustrecken und Grimassen zu schneiden.

Aber nicht die drohende Streitigkeit hatte Florentines Aufmerksamkeit. Ihr Blick ging weit über die drei Hitzköpfe hinweg. Für einen Augenblick war sie wie gelähmt. Sie glaubte bei der Baumzeile aus Fichten einen alten Wolf zu erkennen, der seine blanken Zähne zeigte. Es war derselbe Wolf, den sie vor einigen Wochen im Wald getroffen hatte. Sie erkannte ihn an seiner Narbe, die das Fell an seine Flanke teilte. Damals als sie ihn das erste Mal sah, war es bereits dunkel. Sie saß nicht weit hinter dem Haus im Gras und wartete, dass ihre Mutter sie zum Abendessen rief. Er kam ganz ruhig auf sie zu. Sie verspürte keine Angst. Ihn schien ein warmes Licht zu umgeben. Er kam ganz nah zu ihr. Sie streckte die Hand nach ihm aus, aber bevor sie ihn berühren konnte, hörte sie Odella ihren Namen rufen. Sie drehte sich zu ihrer Mutter um, als sie sich wieder nach dem Tier umsah, war es verschwunden.

Bevor sie weiter in diesen Gedanken versinken konnte, hörte sie Kenny brüllen: »Hey, versuchs mal mit einem größeren Gegner.« Kenny stellte sich schützend vor Artur und stieß Ulrich von ihm weg. Er ruderte wild mit den Armen, doch das half nichts. Er verlor das Gleichgewicht und ehe er wusste, wie ihm geschah, saß er auf seinem Hosenboden.

Darauf hatte die Horde nur gewartet. Ulrich sprang wieder auf seine Füße und alle drei stürzten sich wütend auf Kenny. Artur begann seine Angst laut heraus zu schreien.

»Jetzt reicht's!« stampfte Florentine mit dem Fuß auf, als ob das den Kampf so beenden könnte. Plötzlich kam ihnen wie aus dem Nichts ein heftiger Sturm zu Hilfe. Er war so heftig, dass viele Nadeln von den Fichten wie kleine Geschosse herumwirbelten. Sie hüllten die Kontrahenten in einen grün schimmernden Wirbel ein. In wenigen Sekunden sahen Ulrich und seine Freunde aus, als wären sie in Kakteen gefallen. Auf ihrem ganzen Körper sah man winzige grüne Pfeile hängen.

»Au, verdammt!« rief Ulrich und griff sich instinktiv auf die schmerzenden Stellen. Er musste den Kampf abbrechen und er versuchte sich eigenartig windend seine Haut von den Nadeln zu befreien. Seinen Kumpanen erging es nicht besser. Nur Kenny blieb verschont. Er wand sich unter Konrad hervor, der zwar immer noch halb auf ihm kniete, aber ebenfalls damit beschäftigt war, die quälenden Stiche zu versorgen. Es dauerte nicht lange und sie suchten schimpfend und schreiend das Weite.

Als ob nichts geschehen wäre, wärmte die Sonne die laue Luft und die Bäume raschelten wieder friedlich ihr Lied. Kenny und Florentine sahen amüsiert zu, wie sich das Trio mit zuckenden und zappelnden Bewegungen wie bei einem wilden Veitstanz, entfernte.

Auch Florentine und Artur hatten keine Nadeln abbekommen. Florentine begann Artur zu beruhigen. Sie zog an der Schnur zwischen den Beinen von seinem Stoffhasen und sogleich hörte man das kleine Schlaflied. Er nahm sein Kuscheltier und legte sich wieder hin. Ein klein wenig schupfte es ihn noch vom Weinen, aber seine Äuglein begannen sich schon wieder zu schließen und sein Atem wurde wieder ruhig und gleichmäßig.

»Was war das denn?« flüsterte Kenny aus Rücksicht auf Artur und blickte ein wenig beängstigt zu den Bäumen.

»Eine Windbö, nichts weiter.« zuckte Florentine mit den Schultern. »Komm lass uns schnell das Brot holen, sonst machen sich unsere Eltern noch Sorgen.« drängte sie und schob ihren kleinen Bruder rasch die Straße entlang. Kenny zuckte ebenfalls die Schultern und trottete hinter ihr her.

Als sie zum Grillfest zurückkamen, brutzelte bereits das Fleisch auf dem Griller. Jan stand mit einer Schürze, auf der das Wort ›Chefgriller‹ zu lesen war, seitlich davor.

Er hielt geschäftig die Grillzange in der Hand, wie ein König das Zepter.

»Na, ihr zwei, habt ihr wieder gebummelt?« fragte Jan, ohne ernsthaft eine Antwort zu erwarten, nahm ein Stück Fleisch zwischen die Grillzange und wendete es.

»Lass sie doch. Es haben doch erst die Ferien begonnen.« nahm Clara die beiden in Schutz, »sie kommen doch genau richtig zum Essen.«

Allen schmeckte es und der Nachmittag verlief harmonisch, es wurde viel gelacht und am Abend hatten Kenny und Florentine den Vorfall mit Ulrich und seinen Kumpanen bereits vergessen.

Die Zeichen werden deutlicher

Florentine erwachte. Sie wusste für ein paar Augenblicke nicht, wo sie war. Sie schlief in letzter Zeit unruhig und träumte verrückte Sachen, die sie nicht einordnen konnte.

Laute Stimmen drangen aus dem Wohnzimmer zu ihr. Es waren Mama und Papa. Sie stand auf, schlüpfte in ihre Hausschuhe und ging bis vor die Wohnzimmertür, die nur angelehnt war. Sie konnte ihre Eltern nicht sehen, nur hören.

»Das kommt nicht in Frage.« sagte Papa zu laut und seine Stimme klang wütend.

»Aber versteh doch, ich habe keine Wahl. Ich muss nach dem Rechten sehen.« Die Stimme ihrer Mutter klang wie immer ruhig und angenehm. Florentine hatte ihre Mutter noch nie ein lautes Wort sagen hören. Nicht einmal, wenn sie ärgerlich war. Es war auch das erste Mal, dass sie Papa so aufgeregt sprechen hörte.

»Das ist mir zu gefährlich. Ich will nicht, dass dir etwas passiert.« konterte ihr Vater.

Florentine war die Stimmung unangenehm. Sie wollte zurück in ihr Zimmer gehen und kam am Zimmer von Artur vorbei. Die Tür stand weit offen. Sie ging in die Mitte des Raumes und war beruhigt, dass Artur friedlich schlief. Als sie aus dem Zimmer gehen wollte, glaubte sie in der Tür wieder den mächtigen Wolf zu sehen. Wieder erkannte sie ihn an der riesigen Narbe an seiner Flanke. Eigenartigerweise verspürte Florentine auch diesmal keine Furcht.

»Mama, komm mal.« Im nächsten Augenblick war das imposante Tier verschwunden.

Odella und Jan beendeten augenblicklich ihre Diskussion und Odella lief aus dem Wohnzimmer zu Florentine, die noch immer in Arturs Zimmer stand.

»Schätzchen«, Odella ging auf Florentine zu, »haben wir dich geweckt. Das tut mir leid.« Da der Wolf nun nicht mehr da war, entschloss sich Florentine nichts über ihr Erlebnis zu sagen. Odella führte Florentine zurück in ihr Kinderzimmer. »So«, sie deckte sie zu, wie damals, als sie noch klein war, »schlaf jetzt weiter.« flüsterte sie mit ihrer warmen Stimme.

»Mama, was ist los? Was meint Papa mit gefährlich?« fragte sie ihre Mutter, während diese sich zu ihr auf das Bett setzte und ihre Hand hielt.

»Nichts mein Schatz. Mach dir keine Sorgen. Papa und ich sind nur manchmal nicht einig und dann passiert es, dass wir zu laut werden. So wie bei Kenny und dir.« wollte Odella ablenken. Es gelang ihr nicht. Verlegen schlug sie die Augen nieder. »Lass uns ein anderes Mal darüber reden. Jetzt ist es schon spät und wenn ich dir alles erklären will, dauert das ein bisschen länger.«

Florentines Vater stand an der Tür und blickte entzückt zu den beiden. Er konnte es ganz deutlich sehen. Florentine glich immer mehr ihrer Mutter. Äußerlich war das ein Segen, doch er hätte sich gewünscht, dass sie mehr seiner Eigenschaften hätte. Zwar war ihr Haar nicht blond, sondern schwarz, wie das ihres Vaters. Auch die dunkelbraunen Augen hatte sie von ihm. Doch wie bei ihrer Mutter fiel ihre gewellte Haarpracht bis zur Taille. Ein rotes Band hielt eine Hälfte des geteilten Haares am

Hinterkopf zusammen. Beide waren hoch gewachsen, aber zart, man konnte fast schon sagen zerbrechlich.

»Mama?«

»Ja, mein Schatz?«

»Gibt es in unserem Wald eigentlich Wölfe?« Florentine hob den Kopf ein wenig und sah ihre Mutter interessiert an.

»Wie kommst Du denn darauf?« Odella bekam einen besorgten Blick.

»Nur so.« log Florentine und legte den Kopf zurück in das Kopfkissen.

»Na ja, soweit ich weiß, hat es früher einmal Wölfe gegeben, aber ich glaube, die sind schon seit vielen Jahren weggezogen.« gab ihr Odella eine kurze Erklärung. »Schlaf jetzt, es ist schon spät und es war ein aufregender Tag.« Odella stand auf und streifte noch einmal die Bettdecke glatt bevor sie das Zimmer verließ und die Tür bis auf einen kleinen Spalt schloss. Florentine fiel schnell wieder in einen unruhigen Schlaf.

Als das Ehepaar wieder im Wohnzimmer war, stand Jan ganz ruhig am Fenster. Er hatte beide Hände in den Hosentaschen vergraben. »Du willst es ihr sagen?« Während er sprach, sah er beim Fenster raus. Es hatte den Anschein, als würde er mit seinem Spiegelbild sprechen.

»Ja, es ist notwendig. Seit Artur geboren ist, liegt eine Unruhe in der Luft. Nafru wurde schon gesichtet. Ich spüre es deutlich, bald ist es nicht mehr zu verbergen. Und es ist besser, wir sind alle vorbereitet. Florentine soll alles wissen, sie ist jetzt reif genug.«

»Sie wird heuer elf, sie ist noch ein Kind.« nun wandte

sich Jan wieder direkt Odella zu. »Und Artur ist gerade ein Jahr. Ich muss dir nicht sagen, dass ich dagegen bin.« er ging zurück zum Sofa, setzte sich und lehnte sich zurück. Die ewigen Diskussionen hatten ihn erschöpft.

»Du hilfst ihnen mit dieser Einstellung nicht, keiner kann seiner Bestimmung entgehen. Damit machst du alles nur noch schwieriger.« auch Odella wirkte müde.

»Ich verstehe nicht, warum dein Großvater nicht noch warten kann und warum muss es eines unserer Kinder sein?« gab Jan noch nicht auf.

Odella setzte sich neben ihren Mann und legte ihren Arm um seine Schultern. »Du weißt genau, dass weder mein Großvater noch ich oder du etwas daran ändern können.« als er wieder ansetzte etwas zu erwidern, unterbrach sie ihn. »Jan, ich habe dich nie belogen. Vom ersten Tag an habe ich dir alles gesagt und du hast gewusst, dass so etwas passieren könnte. Und du hast mich trotzdem geheiratet.«

»Ich habe solche Angst, euch zu verlieren.« Nun saßen sie ganz nah beieinander und sahen sich tief in die Augen.

»Du wirst uns doch nicht verlieren. Wir müssen Florentine und Artur helfen, es wird schwer genug für beide.«

»Ich weiß.« sagte Jan schloss die Augen und umarmte Odella.

Dunkle Wolken über Kronenland

Es war ein trüber Tag in Kronenland. Trotz der Farbenpracht der Pflanzen, spiegelte die Natur das drohende Unheil wider. Dunkle Wolken zogen in unheimlichen Formationen von Süden herauf.

Rowoll stand in einem der oberen Säle an einem der riesigen Fenster. In dem Raum war alles aus kaltem Stein. Die Wände, die Reliefs, alte Steinskulpturen, die durch ihr hohes Alter schon das Gesicht verloren hatten, sogar die wenigen Möbelstücke waren aus Stein gehauen. Nicht einmal der ebenfalls aus Stein bestehende Kamin strahlte Wärme aus. Man hätte glauben können, das Feuer, das darin wütend loderte, ist lebendig und hat sich der Kälte in seiner Umgebung angepasst. Rowoll blickte über das alles verschlingende Labyrinth, welches das Schloss wie eine undurchdringliche Macht umgab. Dieses war kein gewöhnliches Labyrinth, sondern von Rowoll erschaffen, um seine dunklen Machenschaften zu verbergen. Bäume und Sträucher wuchsen in Sekundenschnelle zusammen, um an anderer Stelle einen Weg freizugeben. Keinem unerwünschten Eindringling war es je gelungen es zu durchdringen. Weit hinter dem Labyrinth war ein kleines Dorf zu sehen. Die Wesen darin sahen aus wie kleine arbeitsame Ameisen.

Rowoll drehte sich nicht um, als es an der üppig verzierten Tür klopfte.

»Komm herein Hagerlin.« Die Türe öffnete sich und ein Wicht trat unterwürfig gebückt ein. Hagerlin war einer von den Kleinwichteln aus dem Dorf. Die Kleinwichtel waren einfache Wesen, die in strukturierten Dorfgemeinschaften wohnten. Es gab eine Runde der Dorfältesten, die bei Streitigkeiten Recht sprachen, einige Heiler für die Kranken, einen Schmied, Lehrer und Lehrerinnen und viele andere fleißige Arbeiter und Arbeiterinnen. Sie stellten wenige Ansprüche und lebten bescheiden und zufrieden, bevor Rowoll oben am Hügel in den Steinpalast einzog.

Rowoll hatte Hagerlin zu seinem gefügigen Diener erwählt und Rowoll hatte dafür gesorgt, dass er es nicht wagte zu widersprechen.

Wie Hagerlin Rowolls Diener wurde

Vor vielen Jahren wohnte Hagerlin bei seiner Mutter Kiri in dem Dorf der Kleinwichtel, nahe dem Labyrinth. Er war Kundschafter und Späher und er verstand viel vom Spurenlesen. Ihr Leben war unkompliziert und sie genossen viele schöne Stunden, ohne etwas zu vermissen. Das Wenige, das sie für ihren Alltag brauchten, bot ihnen in Überfluss der Wald. Sie besorgten sich dort Holz, Beeren, Pilze und viele andere praktische Dinge.

Die Frauen zogen in den Gärten Gemüse und Früchte. Sie waren Meisterinnen im Kochen. Und so gestaltete sich jeder Tag gleich harmonisch. Die Männer waren geschickte Handwerker und verstanden es trotz ihrer geringen Größe, praktische Werkzeuge herzustellen. Das ermöglichte ihnen aus Bäumen und Steinen die schönen Hütten zu bauen, in denen jede ihrer Familien ein zu Hause fand. Oder Dinge für den alltäglichen Gebrauch zu erzeugen.

Jedoch waren Kleinwichtel nicht nur fleißige und arbeitsame Wesen, sondern auch sehr ängstlich und leicht einzuschüchtern. Gerade deswegen hatte Rowoll sich einen Kleinwichtel als Diener ausgesucht. Er wusste, dass dieses kleine Wesen zu feige sein würde, zu kämpfen und ihm zu widersprechen.

Eines Tages kam Rowoll mit seinen dunklen Kriegern. Sie schlugen ohne Vorwarnung zu. Die Gestalten ritten auf riesigen Pferden, deren Köpfe bis zu den Nüstern in dicken ledernen Rüstungen verborgen waren. Und während sie durch das Dorf tobten, hinterließen sie mit den donnernden Hufen ihrer Pferde eine Spur der Verwüstung. Die Früchte in den Gemüsegärten wurden zertrampelt, Krüge und Schüsseln zersprangen mit lautem Knall in tausend Scherben. Türen wurden aus den Angeln gerissen und zersplitterten. Dächer wurden stark beschädigt. Die kleinen verängstigten Bewohner des Dorfes liefen wie aufgescheuchte Kaninchen in Panik kreuz und quer durch das Dorf. Doch sie fanden keine sichere Stelle, keinen Platz wo sie sich verbergen konnten vor dem Übergriff.

Rowoll saß auf seinem mächtigen stolzen Ross, sogar die lange, schwarz glänzende Mähne wehte drohend durch die Luft. Er ließ es mitten im zerstörten Dorf anhalten und sah von oben auf die wimmernden Kleinwichtel herab, die sich nun ängstlich aneinander drückten. Rowoll schwang sich gekonnt aus dem üppig verzierten Sattel und schlenderte triumphierend, die Hände auf dem Rücken verschränkt, über den ramponierten Platz.

»Das hier tut mir leid.« zeigte er mit seinem langen Finger auf die Zerstörung. Dabei lächelte er, doch alle wussten, dass es blanker Hohn war. »Männer, bei unserem nächsten Besuch müssen wir ein bisschen mehr Umsicht zeigen.« er grinste hämisch und niemand erwartete sich eine Antwort. Die Kleinwichtel drückten sich in ihrer Angst immer enger aneinander, nur hier und da weinte leise ein Kind. Der aufgewirbelte Staub hatte sich inzwischen auf das zertrampelte Obst und Gemüse niedergelassen. Der Staub überzog wie ein feiner Schleier ebenso die Scherben, welche von den zersprungenen Tongefäßen stammten.

»Du da!« nun zeigte Rowolls Finger auf Hagerlin, »du kommst mit.« Mit schreckensgeweiteten Augen starrte Hagerlin zu Rowoll auf. Obwohl es ihm nichts nützte, wich er instinktiv ein paar Schritte zurück.

»Gnade Herr!« nahm Hagerlins Mutter Kiri ihren ganzen Mut zusammen und warf sich vor Rowolls Füße in den Staub. Ihre Haare sahen zerzaust aus und ihr weiter Rock legte sich wie ein Kranz um ihre kleine Gestalt. Sie hatte die Hände wie zum Gebet gefaltet, um ihre bittende Haltung zu unterstreichen. »Gnade! Nehmt mich, ich werde tun, was ihr verlangt.«

»Was mach ich mit dir Alten.« sagte er verächtlich und trat nach ihr, sodass sie ihr letzter Rest Mut verließ und sie zu den anderen zurück kroch. »Ich brauche einen jungen Diener, der flink und pfiffig ist und etwas vom Spurenlesen versteht. »Los jetzt.« Nun hatte er das falsche Lächeln aufgegeben und sein Gesichtsausdruck war wieder finster, wie man es von ihm gewohnt war. Er unterstrich seine Macht mit einem eindrucksvollen Abgang. Er machte mit einem raschen Schritt kehrt und schwang seinen langen Umhang mit der Hand haltend, in einer Bewegung elegant wie ein Fahnenschwinger hinter sich her. Bei seinem schönen Pferd angelangt sprang er mit einem gewaltigen Satz in den Sattel.

Wie Rowoll befohlen hatte, packten zwei Krieger Hagerlin bei je einem Arm. Nun baumelte der arme Wicht zappelnd zwischen den beiden hoch über dem Erdboden, während sie weg ritten. Die Erde dröhnte, als sich die rauen Gesellen in gleichmäßigem Galopp entfernten. Kiri blieb schluchzend zurück.

Seit dieser Zeit musste Hagerlin Rowoll zu diensten

sein. Und Rowoll vergaß nicht, Hagerlin zu drohen, dass er das Dorf dem Erdboden gleich machen würde, sollte er mit ihm nicht zufrieden sein.

Allein Rowolls drohende Stimme machte Hagerlin Angst: »Ich hoffe, du hast gute Neuigkeiten.«

»Ja, Großmeister.« die Furcht in seinen Augen war nicht zu übersehen. Rowoll war dafür bekannt, dass er unliebsame Personen in das alles verschlingende Labyrinth verbannte. »Dank eurer Vorsorge, die Wächter der Grenze ihres, … « Hagerlin druckste herum. Er wusste nicht, wie er es ausdrücken sollte, dass Rowoll erst vor kurzem Adholm, Fribo und Lem von seinen Schergen ins Labyrinth hatte werfen lassen. » … nun wie soll ich sagen, ihres Dienstes zu entheben, war es viel leichter und ich habe ihn gefunden.« Rowoll genoss diesen Augenblick des Triumphes.

Grandos kämpft gegen Rowolls dunkle Gesellen

Da mittlerweile alle wussten, dass der Herrscherwechsel in greifbare Nähe gerückt war, musste Rowoll rasch handeln. Der alte Herrscher Grandos war alt geworden und man munkelte, dass das neue Baby von seiner Enkelin auserwählt wäre. Grandos Enkelin gehörte zum Geschlecht der Kandiolen und seit Andorella regiert hatte, war in Folge immer ein Kandiole als Nachfolger erwählt worden.

Um Grandos davon abzuhalten, seiner Enkelin und ihren Kindern Beistand zu leisten, hatte sich Rowoll den teuflischen Plan von seinem Vorfahren Seborg abgeschaut. Vor langer Zeit hatte dieses Vorgehen seinem Verwandten fast zum Sieg und damit zum Thron verholfen. Um ihn abzulenken hatte er eine Armee von Kriegern der dunklen Seite gerufen und ihnen befohlen, die Dörfer der Drousen anzugreifen. Auch heute noch waren sie scheu und friedfertig und beschäftigten sich ausschließlich mit Philosophie und Kunst. Ihre Gemälde zeigten außergewöhnliche Motive, die einen bis tief ins Herz berühren konnten. Ihre Melodien zauberten im Nu jede Schwermut weg und wurden gerne unterstützend zur Genesung von Kranken herangezogen. Sie waren stumm und beteiligten sich aus Überzeugung nie an einem Krieg. Sie hatten keine Feinde. Auch damals nicht, im großen Krieg. Durch Seborgs Angriffe hatten sie im damaligen Krieg viele Opfer zu beklagen, jedoch erhoben sie niemals eine Hand gegen jemand anderen. Kein anderes Volk war so verletzbar wie sie. Das war Grund dafür, dass Rowoll, diesen grausamen Plan wiederholen wollte.

Rowoll wusste, dass die Drousen die Achillessehne jedes Herrschers und somit auch von Grandos war. Auch er war gezwungen zu deren abgelegenen Dörfern zu eilen und die von Rowoll aus der Schattenwelt gerufenen Krieger in ihre Schranken weisen. Seit Wochen hielt er sich die meiste Zeit dort auf. Er war viele Stunden am Tag damit beschäftigt, weitere Zauberformeln aus einer Fibel seines Vaters auszuwählen. Dieses Buch wurde seit Generationen in seiner Familie von Erben zu Erben weitergereicht. Noch genügten diese gewaltigen Sprüche, um die Drousen zu schützen. Noch hielt der magische Schutzwall, den Grandos errichtet hatte. Aber die Armee von Rowoll ließ sich von ihrem Vorhaben nicht abbringen. Die Kämpfe schienen kein Ende zu nehmen und er musste seine ganze Kraft sammeln, um die Krieger vom Dorf fern zu halten.

Grandos hatte auf der Ebene, die vor dem Tal der Drousen in sattem Grün lag, eine Lichtmauer errichtet. Die Krieger der Dunkelheit versuchten unerbittlich durch die Wand zu brechen. Unermüdlich versuchten diese unwirklichen Widersacher ihre Kräfte zu messen. Durchscheinende muskulöse Arme mit Schwertern oder Streitäxten wehrten die Soldaten der Finsternis ab. Hier packte ein durchscheinender Arm einen mächtigen Krieger und schleuderte ihn weit weg, wo er dann benommen liegen blieb. Nicht weit davon entfernt tobte ein rabiater Angreifer und versuchte vergeblich mit seinem Schwert einen Arm der nur aus Wasser zu bestehen schien, mit wuchtigen Hieben zur Seite zu schlagen um einen Weg zu den Drousen zu erkämpfen. Wieder ein anderer packte einen dieser unwirklichen Arme, die eine Streitaxt schwang, um sich eine Sekunde später im Staub wieder zu finden. Unzählige ähnliche Szenen prägten seit vielen Wochen das Drousental.

Grandos musste immer öfter den unheimlichen Wall stärken. Während er mit magischen Sprüchen und beeindruckenden Gesten die Abwehrkraft des Hindernisses festigte, schützte Nafru Grandos wie ein Zerberus vor den Angriffen der mordenden Soldaten. Die Schmerzschreie der Unmenschen vermischten sich mit den Worten von Grandos zu einem schauderhaften Klagegesang.

Florentine und Kenny im Wald

Heute war der erste Ferientag, Florentine war ungewöhnlich früh aufgestanden und saß bereits am Frühstückstisch. Sie hatte keine Lust zu essen. Als Kenny etwas später dazukam, stand ein Marmeladebrot unberührt vor ihr. Sie nippte an ihrem Kakao. Odella war im Garten und beseitigte die letzte Unordnung von dem gestrigen Grillabend. Jan saß beim Schreibtisch im Schlafzimmer und sah die Post von gestern durch.

»Guten Morgen Florentine. Bereit für die Ferien?« Als sie nicht antwortete, setzte er sich zu ihr an den Tisch. »Was ist los?« fragte er, als er ihren starren Blick sah.

»Ach nichts.«

»Isst du das nicht?« Kenny deutete flüchtig auf das Marmeladebrot. Sie schüttelte den Kopf.

»Kann ich es haben?« fragte er. Wortlos schob sie ihm den Teller hin, er nahm das Brot und machte einen Bissen. Während er genussvoll aß, starrte Florentine weiter vor sich hin.

»Ich darf heute den ganzen Tag machen was ich will.« sagte er triumphierend, um gleich darauf einen Wermutstropfen zu beichten. »Naja, nicht ganz. Am Nachmittag muss ich zur Jause kommen, weil meine Tante uns besuchen kommt. Aber da schwindle ich mich ganz schnell wieder raus. Momentan darf ich mir fast alles erlauben, weil ich in Mathe so gut abgeschnitten habe.« Florentine gab ihm keine Antwort. »Wenn du nicht mit mir gelernt hättest, wäre das nicht so leicht gegangen.«

Noch immer keine Antwort. »Tine was ist mit dir? Hörst du mir überhaupt zu?« fragte er nun ungeduldig.

Endlich schien Leben in Florentines Körper zu kommen. »Entschuldige Kenny, aber ich habe heute Nacht wieder schlecht geschlafen.« sagte sie mit einem Seufzer.

»Du bist nur aufgeregt wegen der Ferien«, war Kenny überzeugt, »ich habe sie auch kaum mehr erwarten können.«

»Das ist nicht der Grund«, protestierte sie, »meine Eltern sind auch so nervös. Besonders Papa. Ich weiß, dass da was nicht stimmt. Dauernd sprechen sie darüber, dass Mama wo hingehen und was erledigen muss und Papa will das nicht. Und meint, Artur und ich seine noch Kinder und zu jung dafür.«

»Das ist bestimmt etwas Harmloses. Vielleicht sind sie sich nur nicht einig, wo der nächste Sonntagsausflug hingehen soll und du hörst gleich die Flöhe husten und träumst gleich schlecht.« versuchte Kenny Florentine zu beruhigen. Er verstand die Aufregung nicht.

»Ganz bestimmt nicht. Und dann immer diese Träume, letzte Nacht habe ich wieder von dem riesengroßen Garten geträumt. Ich habe wieder diese fürchterlichen Männer gesehen, denen wir nachgelaufen sind. Es ist immer alles ganz durcheinander. Wenn ich daran denke, könnte mir schwindlig werden. Es ist alles so beängstigend und bedrohlich. Dann kommt immer Mama und dann habe ich nicht mehr so viel Angst. Aufgewacht bin ich, weil Mama und Papa so laut waren.«

»Du musst nur ein bisschen raus.« sagte Kenny, »lass uns gleich in den Wald gehen.« Genervt von Kennys drängenden Worten, stand Florentine auf und machte sich mit ihm auf den Weg. Als sie nach draußen gingen, war Florentine froh, dass sie nachgegeben hatte, es war ein herrlicher Tag. Sie holte einmal tief Luft und für einen Moment vergaß sie ihre Ängste.

Solche Momente wurden immer rarer, seit in letzter Zeit in Florentines Familie die Harmonie, in der alle bis jetzt gelebt hatten, oft durch unbegreifliche Unruhe unterbrochen wurde. Das irritierte Florentine. Gern ging sie deshalb mit Kenny in den Wald, der gleich hinter ihrem Haus begann. Der Wald war für sie wie eine Oase, in der man sehr gut von den Alltagssorgen abschalten konnte. Dort fühlte sie sich wohl und sie konnte sich herrlich entspannen.

Dieser Wald umgab das ganze Dorf. In ihm gab es ideale Plätze um Abenteuer zu suchen und zu erleben für zwei Kinder wie Florentine und Kenny. An manchen Stellen gab es Sträucher, deren Dickicht gut mit einem undurchdringlichen Urwald mithalten konnte. Er war die Heimat für viele Wildtiere. Im Wald befand sich auch das Schloss Imhalla. Das weitläufige Moor hinter dem Schloss hatte seine Tücken. Dort musste man besonders vorsichtig sein, es war gefährlich und kaum passierbar. Nur der Förster kannte einen Weg durch den heimtückischen Sumpf. Der Plan mit dem Weg wurde in der Försterfamilie von Generation zu Generation überliefert. Niemand anderer hatte es je geschafft es zu durchqueren. Ein paar unbelehrbare haben diese Gefahr unterschätzt und so wurde dieser brodelnde Hexenkessel ihr Schicksal und sie blieben bis heute verschwunden. Florentine und Kenny war es verboten, auch nur in die Nähe zu gehen.

Aus diesem riesigen Feuchtgebiet stiegen jeden Morgen Nebelschwaden auf. Besonders dick und schwer waren sie, wenn es am Vortag geregnet hatte. Dieser Nebel hüllte oft Imhalla wie in Watte ein, als ob er etwas Verbotenes verbergen wollte. Das Schloss war alt und seine besten Zeiten hatte es bereits hinter sich. So stand es da, wie ein warnendes Denkmal aus vergangener Zeit. Das alte Gemäuer gehörte samt dem riesigen Anwesen und dem Moor dem alten wunderlichen Baron Rotbart. Alle nannten ihn so, da sein Bart die Farbe einer reifen Tomate hatte. Seine Frau war schon seit langer Zeit tot und man wusste nicht einmal, ob er Kinder hatte. Weil nicht viel über seine Herkunft bekannt war, begannen sich die Leute Geschichten auszudenken. Einige meinten, dass er früher sicher im Gefängnis gesessen hatte und deshalb so zurück gezogen lebte. Andere überlegten, ob er womöglich in einem der Zeugenschutzprogramme vom FBI aufgenommen worden war und man deshalb nichts über ihn erfahren durfte. Wieder andere vermuteten, dass er ein exzentrischer Multimillionär sei. Solche Geschichten gab es noch haufenweise und umso weniger man über ihn wusste, umso phantasievollere Geschichten erfanden die Menschen. Jetzt lebte er schon seit unzähligen Jahren zurückgezogen in seinem altertümlichen, baufälligen Domizil. Nur sein treuer Diener und der alte Gärtner hielten das Anwesen ein wenig in Schuss. Sie standen in ihrer Eigenart in nichts ihrem Herrn nach. Viele fürchteten sich sogar vor diesen drei Männern und mieden die Nähe des Schlosses.

In letzter Zeit machte wieder ein neues Gerücht den Umlauf, nämlich dass er das Schloss verlassen hätte, da man ihn und seine Gefolgsleute eine Weile nicht gesehen hatte. Niemand ahnte vom schlimmen Schicksal des Wächters der Grenzen und seiner mutigen Gefährten, die in Rowolls Labyrinth gefangen gehalten wurden, da sie Rowoll bei seinem Plan behindert hätten. Im Garten von Imhalla überwucherte das Unkraut noch mehr als üblich den Park. Die sonst unheimliche Atmosphäre wich jetzt den unversiegbaren Pflanzen. Sie umrankten alles beklemmend gespenstisch, wie Riesenschlangen ihre hilflosen Opfer. Alles drohte unter diesen Gewächsen zusammen zu brechen. Aber es hatte auch seinen Reiz. Nichts war so spannend als den Wald zu erkunden. Und das Schloss war ein Glücksfall und für zwei selbsternannte Abenteurer wie Kenny und Florentine.

Florentine war mit Kenny am Ufer des Baches, der sich durch den Wald schlängelte. Sie ließen Steine über das Wasser hüpfen. Gebückt standen sie am Ufer und suchten sorgfältig die besten Steine aus.

»Ich hab wieder einen.« rief Kenny, lief zum Wasser und lies den Stein mit einem gekonnten Schwung über das Wasser hüpfen.

»Eins, zwei, drei, vier, fünf, sechs, sieben.« zählten sie gemeinsam die Häufigkeit der Sprünge, um sich dann jubelnd über den gelungenen Wurf zu freuen.

Sie spielten bereits eine Weile und die Sonne stand jetzt hoch über ihnen. Die Temperatur war merklich gestiegen, seit sie von zu Hause weg sind. Der Laubwald rundherum leuchtete in verschiedenen Grüntönen. Nur ein paar Blümchen unterbrachen dieses Grün wie kleine Farbtupfen auf einem Landschaftsgemälde. Der kühle Wildbach und die Bäume boten gegen die Julihitze Schutz und so war die Luft frisch und angenehm warm.

»Was ist jetzt Tine?«, fragte er seine Freundin und Klassenkameradin. Beiden standen wieder gebückt am Ufer und suchten den nächsten Stein. Aber Kenny begann es langweilig zu werden. »Gehen wir noch schnell zu unserem Baum?« Florentine gab ihm keine Antwort und suchte gedankenverloren den nächsten Stein. Kenny sah über die Schulter zu ihr rüber und da sie keine Antwort gab, zuckte er mit den Schultern und wandte sich wieder den Steinen zu.

Zufrieden war er damit nicht, er würde viel lieber zum Baumhaus gehen, das sie gemeinsam gebaut hatten. Eigentlich war es kein richtiges Baumhaus. In den Ferien vor zwei Jahren entdeckte Florentine diesen großen abgestorbenen Baum. Er hatte die Äste weit in den Himmel gestreckt. Seine trockene, fast schwarze Rinde umhüllte ihn wie eine trockene rissige Haut. Die Besonderheit bestand darin, dass er eine Öffnung hatte, die in das Innere führte. Innen war der Baum hohl und diese Höhle war groß genug, um sie gemütlich einzurichten. Eigenartigerweise wucherten heuer Blätter aus den abgestorbenen Zweigen und das saftig grüne Laub umhüllte die Zweige so dicht, dass die Sonne es kaum durchdringen konnte. In der angenehm schattigen Krone hatte ein Rotfinkenpaar sein Nest gebaut. Sie konnten das ganze Frühjahr beobachten, wie die Jungvögel heranwuchsen. Inzwischen waren sie flügge geworden und das Nest stand leer.

Sie bereiteten sich schon im Frühjahr auf die Sommerzeit in ihrem versteckten Domizil vor und sammelten seit der Entdeckung der Höhle in den letzten Wochen vor den Ferien allerlei Sachen zusammen. Polster, Decken, Spielsachen, Taschenlampen, einen alten Transistorradio mit Batterien, der nur selten funktionierte. Natürlich durften Naschsachen und Getränke nicht fehlen und noch einiges anderes.

»Tine, komm schon«, beharrte Kenny weiter auf seinen Vorschlag »ich habe solchen durst.«

»Na schön, von mir aus.« Endlich ließ sich Florentine überreden, doch noch in ihr Versteck zu gehen. Kenny stand nun beim Eingang zur Baumhöhle und schlürfte zufrieden an einem Getränk. Florentine streichelte drei Schritte entfernt ein Häschen. Kenny wunderte sich darüber nicht mehr. Das war schon immer so. Wenn er mit Florentine in den Wald ging, scharten sich Tiere um sie. Füchse, Hasen, Rehe und viele andere. Vögelchen setzten sich auf ihren Kopf und Schmetterlinge ließen sich auf ihrer Schulter nieder. Einmal hatte er gesehen, wie ein kapitaler Hirsch vor ihr auf die Knie ging. »Komm schon.« sagte sie damals zu ihrem staunenden Freund und setzte sich auf den Rücken des wunderschönen Tieres. Das hatte er sich nicht nehmen lassen. Sie ritten auf dem prachtvollen Tier durch den Wald, bis er sie wieder absetzte und im Dickicht verschwand. Er ist bis heute nicht sicher, ob er das wirklich erlebt hatte.

Damals lief er aufgeregt zu Odella und erzählte ihr davon. Odella schien nicht erstaunt über den Vorfall. »In unserer Familie hatten wir schon immer Tiere gern, das spüren sie.« Kenny gab sich mit dieser Erklärung zufrieden. Immerhin hatte Odella schon viele wilde Tiere vor dem Tode gerettet. Und immer wieder kamen ehemalige

Patienten in Odellas Garten sie besuchen. Der beachtlichste Gast war der Turmfalke mit dem gebrochenen Flügel. Mit viel Liebe und Geduld pflegte Florentine mit Hilfe von Odella den Vogel gesund. Noch heute sah man ihn regelmäßig, wenn Florentine im Garten war, wie er sich in ihrer Nähe niederließ, als ob er eine alte Freundin besuchen wollte.

Als er seinen Eltern von diesem Erlebnis mit seiner Freundin und dem Hirsch erzählte, rief seine Mutter entsetzt: »Um Gottes Willen, Kenny! Erzähl doch nicht immer solche Geschichten. Man könnte ja Angst bekommen. Im Mittelalter hat man Frauen wegen solcher Geschichten am Scheiterhaufen verbrannt.« sie bemerkte nicht, wie erschrocken Kenny über diese Bemerkung war. »Sag doch du auch was.« sagte sie zu ihrem Mann, der sich ein Lächeln nicht verkneifen konnte, aber nicht daran dachte, diese Situation ernst zu nehmen. »Das war sicher wieder diese Großmutter Emma.« flötete seine Mutter weiter, als sein Vater keine Anstalten machte, sich dieser Standpauke anzuschließen. »Die erzählt den Kindern immer solche Schaudergeschichten und dann kommt so etwas dabei heraus. Und wenn dann jemand zu viel Phantasie hat, so wie du … Also Schluss jetzt.« Seit damals erzählte er seinen Eltern nie wieder von seinen Erlebnissen mit Florentine.

Viel lieber hielt Kenny sich bei den Eltern von Florentine auf. Sie hörten ihm zu, ohne ihn zu belächeln.

Bis jetzt war es ein ereignisloser, fast langweiliger Tag. Kenny stand nun alleine bei dem kleinen Tümpel, der hinter dem Baum Fröschen und Insekten ein zu Hause bot. Er warf kleine Steinchen in das Wasser und sah zu, wie sich die Ringe ausbreiteten und wieder verschwanden. Man sah ihm an, dass er sich noch immer langweilte. Florentine war heute nicht sehr unternehmungslustig und lag nicht weit von Kenny im Gras. Sie sah den Schäfchenwolken zu, wie sie langsam über den blauen Himmel wanderten.

»Wir könnten auch im Dorf eine Runde Rad fahren, wenn du nicht mehr hier bleiben willst.« wollte er seine Freundin animieren. »Ich muss sowieso bald nach Hause, wegen meiner Tante.« unschlüssig zuckte Florentine mit den Schultern und wandte sich wieder den Wolken zu.

Rowoll will die Regentschaft für seinen Sohn

Während Grandos spürte, dass das Aufrechthalten der Abwehr an seinen Kräften zehrte, führte Rowoll seinen Plan fort und hatte Hagerlin ausgeschickt, um nach dem auserwählten Kind zu suchen und nun war er sicher, dass das Glück auf seiner Seite war.

Tagelang war Hagerlin erfolglos in Kronenland herumgelaufen und er fürchtete sich schon davor, Rowoll berichten zu müssen, dass das Kind unauffindbar sei. Hagerlin war bange, sein Herr würde dann die Drohung wahr machen und dem Dorf der Kleinwichtel seinen Zorn spüren zu lassen. Doch er gab ihm noch eine Chance und befahl ihm, in der Menschenwelt weiter zu suchen. Hagerlin blieb nichts anderes übrig, als Rowolls Wunsch nachzukommen. In Kronenland hatten alle von dem Gerücht gehört, dass Odella in die Menschenwelt geflüchtet sein soll. Er hatte eine Vermutung, wo der Durchgang in diese andere Welt war, aber die Menschen machten ihm Angst. Was wenn er entdeckt würde? In seiner Verzweiflung nahm er seinen ganzen Mut zusammen und suchte den Übergang und ging in die für ihn Angst einflößende Welt. Da Rowolls Schergen, sich um die drei Wächter gekümmert hatten, konnte Hagerlin ungehindert die Grenze passieren.

Und tatsächlich wurde er für seinen Wagemut belohnt. Im Wald hinter der Mauer von Schloss Imhalla begegnete er vor ein paar Tagen einem Mädchen, das genau so aussah, wie die Enkelin von Grandos. Er konnte sich noch gut an Odella erinnern. Sie war eine so reizende Person und er konnte sich noch an eine für ihn besondere Begegnung mit ihr erinnern. Es war auf einem Fest zu Ehren des Dorfältesten von Hagerlins Dorf. Viele waren gekommen um an dieser Feier teilzunehmen. Auch Grandos und Odella nahmen daran teil. Sie war so anmutig und freundlich, dass alle hingerissen waren. Und als er ihr die Schüssel mit Früchten reichte, hatte sie ihn angelächelt, das würde er nie vergessen.

Er war gleich sicher, dass dieses Mädchen Odellas Tochter sein musste. Er folgte ihr und prompt führte sie ihn zu dem Haus, in dem Odella und ihre Familie wohnte.

Nun war er mit dieser Nachricht nach Kronenland zurückgekehrt und stand vor Rowoll. Hagerlin war hin und her gerissen zwischen Triumph, weil er den Knaben gefunden hatte und schlechtem Gewissen, weil er wusste, dass Rowoll, sollte er an die Herrschaft kommen, Unheil über Kronenland bringen würde.

»Sehr gut.« Rowoll genoss diesen Augenblick. »Bald ist es soweit und unser Geschlecht wird die Herrschaft über Kronenland übernehmen. Ich bin sehr zufrieden mit dir.« Hagerlin vergaß für einen Augenblick seine Bedenken und erleichtert über die Zufriedenheit seines Herrn zeigte der Wicht seine schlechten Zähne mit einem Lächeln.

»Sag mir wo er ist.« gab er ihm den Befehl.

»Wie ihr richtig vermutet habt, haben sie sich in der Menschenwelt versteckt und wohnen in dem Dorf nahe dem Eingang. Wenn ihr es wünscht, kann ich euch sofort hinführen.« biederte sich Hagerlin an.

»Später. Geh und hole meinen Sohn.«

»Sofort, Herr.« er machte eine Verbeugung nach der anderen, während er rückwärts zur Tür ging, die sich wie von Geisterhand öffnete und wieder schloss. Es dauerte nicht lange, bis die Türe sich wieder öffnete.

»Du hast mich rufen lassen, Vater?« Suron betrat mit mächtigen Schritten den Raum und blieb mitten im Raum stehen.

»Sie haben ihn gefunden«, sagte Rowoll mit einem Glänzen in den Augen, »weißt du, was das bedeutet?«

»Das ist großartig Vater, ich werde mich deiner würdig erweisen.« sagte Suron nicht minder beeindruckt von der Nachricht.

Suron war stattlich und seine lange glatte Mähne war zu einem Zopf geflochten. Seine schwarzen Haare spiegelten seine dunkle Seele wider und niemand sah ihn je lachen. Sein Gesicht war kantig und er wirkte kalt wie sein Vater. Böse Zungen behaupteten, er war seinem Vater körperlich ähnlich, aber sein Verstand war nicht größer, wie der einer Maus. Rowoll aber sah in ihm den nächsten Herrscher von Kronenland. Dann könnte er aus dem Hintergrund die Fäden ziehen. Seit Surons Geburt arbeitete er daran, seinen Sohn auf den Herrscherstuhl zu bringen.

Seine große Hoffnung war gewesen, dass sein Sohn Suron und die Enkelin von Grandos ein Paar werden könnten. Grandos war amtierender Herrscher, obwohl sein Großvater Leworianer war. Er hatte viel von seinem Großvater, der einer der größten Magier seiner Zeit war. Er war wie sein Großvater ein Meister der Zauberei. So hatte Rowoll gehofft, Grandos würde sich den Leworianern verpflichtet fühlen. Rowoll wollte die beiden Familienstämme durch eine Heirat vereinen. Wie leicht hätte er dann seine Pläne umsetzen können. Doch Grandos dachte nicht daran, sich für Rowolls Pläne einspannen zu lassen. Er machte ihm bald klar, dass er der Herrscher für alle Völker war und er hatte nicht vor, sich das Zepter aus der Hand nehmen zu lassen.

Grandos regierte nun bereits seit fast hundert Jahren und die Zeit für einen Wechsel war absehbar. Grandos Enkeltochter Odella war eine mächtige und bezaubernde Fee. Rowolls Sohn war hingerissen von der zarten Schönheit dieser charismatischen Erscheinung. Als die Zeit gekommen war, dass Odella sich vom Kind zur Frau entwickelte, ließ Suron keine Gelegenheit aus, ihr den Hof zu machen. Aber sie blockte Surons Annäherungsversuche ab. Durch ihre hellsichtigen Fähigkeiten konnte sie in seine dunkle Seele sehen. Er war Eitel, voll Habgier und Machthunger. Nicht eine Sekunde konnte er seine Absichten vor ihr verbergen.

Suron versuchte Odella mit Geschenken zu beeindrucken und mit falscher Liebenswürdigkeit zu täuschen. Da dies alles nichts nützte, schlug seine anfängliche Enttäuschung in grenzenlose Wut um. Odella war ihm körperlich nicht gewachsen, doch in Klugheit war sie ihm weit überlegen. Ihre Zauberkraft rettete sie lange Zeit vor seinen Angriffen. Doch Suron dachte nicht daran aufzugeben.

Als Rowoll und Suron wussten, dass der Plan die Macht durch die Verbindung mit Odella an sich zu reißen gescheitert war, wurde es für sie zu gefährlich. Suron wurde immer aggressiver und brutaler. Er lauerte ihr immer öfter auf und es war zu befürchten, dass er sogar versuchen würde, sich ihrer zu entledigen.

Die Gefahr, dass er es schaffen könnte, sie in einer Unterwelt zu isolieren oder gar sie zu töten, war zu groß. Grandos hatte einen Sohn, er war der Vater von Odella. Sie war das einzige Kind ihrer Eltern, da diese kurz nach ihrer Geburt bei einem tragischen Unglück ums Leben gekommen waren. Deswegen hatte sie keine Geschwister und jeder erwartete, dass sie oder eines ihrer Kinder der Nachfolger Grandos sein musste. Durch einen frühen Tod Odellas wäre die Linie der Kandiolen unterbrochen worden, was Krieg um den Herrscherposten bedeutet hätte.

Odella entschloss sich, in die Menschenwelt zu flüchten. Sie wusste, dass sie nicht die Auserwählte war, sonst hätte sie die Kräfte bereits erhalten. Die Übergabe fand nie nach dem 13. Lebensjahr statt. So war die Wahrscheinlichkeit groß, dass der nächste Herrscher ihr Kind werden würde. Grandos hätte es sich gewünscht, dass es eine andere Lösung gegeben hätte, aber schließlich sah er ein, dass dies momentan der beste Ausweg war.

Grandos hatte vor vielen Jahren Rotbärte beauftrag, die Übergänge zwischen den Welten zu bewachen und es kam nur selten vor, dass magische Wesen aus Kronenland und Menschen sich trafen. Dennoch konnten alle Grenzen und Wächter es nicht verhindern, dass sich hin und wieder magische Wesen und Menschen ineinander verliebten.

Vielleicht war das der Grund, warum Grandos es nicht gerne sah, dass Odella sich in der Menschenwelt verbarg. Und vielleicht hatte er schon vermutet, was passieren würde. Sehr zum seinem Leidwesen, verliebte Odella sich in einen Menschen, in Jan Andres. Bis jetzt gab es noch nie einen Herrscher, in dessen Adern menschliches Blut floss. Grandos hatte Angst, dass die magischen Kräfte des auserwählten Kindes nicht ausreichen würden und es deswegen keinen Nachfolger geben könnte. Nachdem Odella eine Tochter geboren hatte, schienen sich Grandos Befürchtungen zu bewahrheiten. Die Macht, die von dem Kind ausging war kaum zu spüren. Es musste eine andere Lösung geben.

Grandos vermisste Odella jeden Tag und doch wagte er es nicht, sich mit ihr zu treffen, so war er vollends auf seine Informanten angewiesen. Der Wächter des Tores bei Schloss Imhalla erstattete regelmäßig Bericht. Diese Treffen fanden im Verborgenen statt. Eines Tages kam er mit aufregenden Neuigkeiten: »Herr, ich komme mit guten Nachrichten. Ihre Enkelin hat einen Sohn geboren und die Kraft, die von im ausgeht, hat uns alle erreicht.«

Grandos Begeisterung hielt sich in Grenzen. »Das sind wirklich gute Neuigkeiten und hoffen wir, dass er stark genug ist, bald meine Aufgaben zu übernehmen.«

»Ich glaube fest daran.« ermutigte ihn Adholm.

Das ist nun schon einige Zeit her und obwohl von Odellas Sohn tatsächlich eine beachtliche Magie ausging, konnte niemand glaubte, dass der nächste Herrscher ein halber Mensch sein könnte. Rowoll meinte, dass dies die Wende bringen würde, er diese Schwäche in der Herrscherlinie ausnützen könnte und er dann endlich am Ziel seiner Träume angekommen sei.

Grandos kämpft um die Herrschaft

Es war allen bewusst, dass Rowoll hoffte die unsichere Zeit der Übergabe zu seinen Gunsten wenden zu können, da der amtierende Herrscher alt war und der neue auserwählte Herrscher würde sehr jung, unerfahren und unsicher sein.

Nur so sah Rowoll eine Möglichkeit, für seinen Sohn die Position der nächsten Herrscherperiode zu sichern. Rowoll und seine Sippschaft hatten nichts anderes im Sinn als alle Welten zu unterdrücken und die Macht zu ihrem Vorteil zu verändern. Rowoll war von dem Geschlecht der Leworianer und verwandt mit Magiern und Hexen. Ihre größte Schwäche war ihre Arroganz. Sie besaßen körperliche Stärke und Mut. Aber es fehlte ihnen an Güte und Gefühl für die Völker. Kandiolen waren kluge Wesen. Sie waren verwandt mit Feen und Elfen und galten als naturverbunden und gütig.

Doch Frieden und Harmonie konnten die Leworianer nicht davon überzeugen, dass die Kandiolen die wahren Herrscher von Kronenland sein sollten. Sie suchten verbissen eine Gelegenheit, die Herrschaft zu erlangen. Wie Rowolls Vorfahren respektierte auch er das Gesetz nicht. Rowoll konnte es nicht erwarten, den Tag des Triumphes zu feiern.

So lange Grandos die Mächte besaß und Nafru ihn unterstützte, fühlten sich die Bewohner von Kronenland sicher. Er war ein kluger und erfahrener Herrscher. Obwohl Rowolls Angriffe aggressiver wurden, waren sie sicher, dass Grandos Rowoll überlegen war. Rowoll

verstand es, die dunklen Mächte herauf zu beschwö-
ren. Als er von Arturs Geburt hörte, entschloss er sich,
die Krieger der Dunkelheit zu rufen, um Grandos mit
den Angriffen dieser finsteren Gesellen abzulenken. Sie
versuchten die Dörfer am Rande Kronenlands einzu-
nehmen. Es drohte ein neuer Krieg auszubrechen. Die
Kämpfe wurden immer heftiger und Grandos musste
alle Kräfte mobilisieren, um die Bewohner der Dörfer zu
schützen. Grandos wusste nicht, wie lange Rowoll noch
diese Angriffe weiterführen würde. Er wünschte sich,
dass Odella bei ihm wäre, um ihn bei seiner schweren
Aufgabe zu unterstützen.

Seit Odella untergetaucht war, gab es viele Gerüchte.
Man hatte von der Hochzeit mit Jan gehört und auch
die Nachricht von der Geburt einer Tochter. Viele be-
fürchteten bereits, dass sie Kronenland für immer den
Rücken gekehrt hatte.

Aber seit sich die Botschaft, dass Odella einen Sohn
geboren hatte, wie ein Lauffeuer verbreitete und man die
ungewöhnliche Magie spüren konnte, die von dem Knaben ausging, schöpften die Bewohner wieder Hoffnung.
Sie wünschten sich, dass die Machtübergabe jeden Moment stattfinden würde, damit Grandos einen jungen,
anerkannten Nachfolger erhalten würde. Dass dieser Tag
nicht fern war, wusste man, da Nafru wieder oft in der
irdischen Welt gesehen wurde.

Das war auch Rowoll bewusst. Obwohl er seit vielen
Jahren alles peinlich genau vorbereitet hatte, war er unruhig. Er wusste dass alles von den kommenden Tagen
abhängen würde. Und er war zum Äußersten entschlossen. Es wurde aber nicht nur der Weg, der seinen Sohn

auf dem Herrscherstuhl bringen würde von ihm vorbereitet. Er hatte alles schon für die Zeit danach fertig. Das Zeremoniell für die Krönung Surons, die Verteilung der Reichtümer, bei der natürlich seiner Familie der Großteil des Vermögens zugesprochen werden würde ebenso, wie die Aufteilung des Landbesitzes und die Bestimmungen, wer wo leben sollte. Alles war bis ins kleinste Detail durchdacht.

Rowoll hatte sich seit Jahrzehnten damit befasst seine Zauberkunst für diesen entscheidenden Kampf erheblich zu verstärken. Er hatte auch vor sie bis zum bitteren Ende einzusetzen. Er fühlte sich stark. So stark, dass er sicher war, dieses Mal die Übergabe verhindern zu können. Es verlangte von Rowoll viel Disziplin und Geschick, bis er dieses Können und diese Perfektion erreicht hatte. Nur sein Ehrgeiz war noch größer, als seine Habgier und sein Machthunger.

Nun sah er sich seinem Ziel so nahe wie nie. Rowoll fand in dem Buch der dunklen Mächte eine Möglichkeit die Kräfte des nachfolgenden Herrschers mit Hilfe eines uralten Rituals des Nebelfürsten auf seinen Sohn umzuleiten. Dies wäre nur möglich, wenn er es schaffen würde, den wahren Nachkommen von Kronenland in Kindestagen zu entführen, bevor er die Kräfte der Andorella erhielt.

Arthur in Gefahr

Seit Rowoll von der Geburt des Knaben mit der starken magischen Ausstrahlung erfahren hatte, suchte er wie besessen dieses Kind. Dank seines kleinen Spitzels wusste er nun, wo sich der nächste Herrscher von Kronenland aufhielt. Mittlerweile haben alle vernommen, dass Odellas Kind, anders als ursprünglich angenommen größere Magie besaß, als irgendein Bewohner von Kronenland.

In der Menschenwelt wandte sich Odella liebevoll Artur zu. »Na, mein Schatz. Bist du müde? Komm her, Zeit für dein Mittagsschläfchen.« Verliebt hob sie ihn von seiner Spieldecke auf, trug ihn in sein Kinderzimmer und drückte ihn an sich, bevor sie ihn in sein Bettchen legte und die kleine Spieluhr an den Gitterstäben aufzog. Artur rieb sich mit seinen Fingerchen die Augen und schlummerte bald friedlich ein.

Leise klopfte es an der Tür. »Guten Tag Frau Großmann, kommen sie rein.« Seit die Kinder von Frau Großmann aus dem Dorf weggezogen waren, machte sie es sich zur Aufgabe, jedes Mal einzuspringen, wenn ein Babysitter gesucht wurde. Frau Großmann war eine Frau um die siebzig. Ihr Mann hatte sie vor vielen Jahren verlassen und sie hatte nie wieder geheiratet. Das lange Leben hatte auf ihrem Gesicht deutliche Spuren hinterlassen. Man konnte kleine Fältchen um die Augen und um die Lippen sehen, was ihrem Gesicht etwas Großmütterliches verlieh. Die langen grauen Haare hatte sie hochgesteckt, was sie auch nicht jünger aussehen ließ. Sie war klein und nicht ganz schlank. Sie trug fast immer ein Kleid. Heute war es sehr warm und sie hatte sich für ein leichtes kleingeblümtes Sommerkleid entschieden.

Frau Großmann war sehr gefragt und ihre Schützlinge freuten sich, wenn sie kam. So konnte sie ihre bescheidene Pension aufbessern und es war für die Eltern sehr beruhigend einer so herzlichen und freundlichen Kinderfrau ihre Lieblinge anvertrauen zu dürfen.

Jan und Odella hatten vor, den heutigen Nachmittag auszunützen. Es war Samstagmittag und in der Stadt hatten alle Geschäfte bis 17 Uhr geöffnet. Jan war bereits zum Auto gegangen und befreite die Windschutzscheibe von den weißen Blüten, die der Wind auf das Glas gelegt hatte. Die Fahrertür und die Beifahrertür standen weit offen.

»Ich bin immer sehr dankbar, dass sie auf Artur aufpassen.« sagte Odella zu Frau Großmann und deutete mit der linken Hand, dass sie eintreten soll.

»Aber sie wissen doch, dass ich den kleinen Schatz liebe.« Sie zog die leichten Sommerschuhe aus, öffnete die Stofftasche, die auf ihrem Unterarm baumelte und zog Hauspantoffel heraus, Frau Großmann blickte sich um. »Wo ist denn Florentine?«

»Die ist mit Kenny im Wald und ich denke sie werden nicht so schnell zurückkommen. Sie wissen ja, wenn die zwei zusammen sind, vergessen sie oft die Zeit.«

»Ach lassen sie sie doch. Ist doch schön, wenn sie sich so gut verstehen. Wo ist Artur?«

»Er ist gerade eingeschlafen.« während Odella sprach, zog sie sich ihre bequemen Stoffballerinas an, nahm ihre Handtasche und prüfte nach, ob alles darin war.

»Ach, wie schade.«

»Wie ich ihn kenne, wacht er bald wieder auf. Ich muss jetzt gehen. Ich fahre mit Jan in die Stadt einkaufen. Sie wissen, dass sie sich ganz wie zu Hause fühlen sollen. Nehmen sie sich was sie wollen. In der Küche steht auch ein Blech mit Obstkuchen, den habe ich heute Vormittag frisch gebacken.«

»Ach du liebe Güte,« protestierte Frau Großmann, »ich will doch ein bisschen abnehmen.« sie hielt die Luft an und zog demonstrativ den Bauch ein. »Aber nun gehen sie schon und lassen sie sich ruhig Zeit.« schob sie Odella beinahe aus der Türe. Als sie zum Auto ging stand Frau Großmann in der Haustür und winkte ihnen zum Abschied nach.

Rowoll in der Menschenwelt

Rowoll, Suron und Hagerlin schlüpften ungehindert durch die Öffnung in die Welt der Menschen. Seit die drei Wächter von Rowolls Schergen ins Labyrinth verbannt wurden, war der Durchgang unbewacht. Sie schlichen durch das Dickicht. Es war noch helllichter Tag. Hagerlin führte sie durch den Wald zu dem kleinen Haus, in dem Odellas Sohn wohnte. Fast hätte sie der Wildhüter entdeckt. Er machte gerade seinen Rundgang. Rowoll und Suron verbargen sich geschickt hinter den Sträuchern. Nur Hagerlin war wie gelähmt und starrte zu dem sich rasch nähernden Mann. Suron packte Hagerlin und hob ihn unsanft zu sich hinter das Gebüsch. Sie hatten Glück, der Weidmann ging nur wenige Zentimeter an dem Dickicht, in dem sie sich verbargen vorbei, aber ohne sie zu entdecken.

Vorsichtig schlichen sie weiter. Immer wieder duckten sie sich und vergewisserten sich, dass niemand sie aufspürte. Schließlich kamen sie zu der hinteren Seite des Hauses. Sie überwanden den kleinen Zaun, der mehr zur Zierde, als zur Abgrenzung diente und durchquerten den Garten, in dem noch der Grill von gestern stand. Weil Hagerlin nach hinten zu Suron und Rowoll sah, blieb er an einem der Beine des Bratrostes hängen. Laut schepperte das Blech und alles drohte schon in sich zusammen zu krachen, als Rowoll und Suron den Grill auffingen und ihn leise, fast zärtlich wieder zurück auf den Boden gleiten ließen.

Nachdem sie sich vergewissert hatten, dass dieses Malheur niemanden alarmiert hatte, beugte sich Rowoll drohend über Hagerlin, packte ihn am Kragen und zog ihn so nah an sein Gesicht heran, dass Hagerlin seinen Atem spürte.

»Noch so ein Missgeschick und du wirst Kronenland nicht wieder sehen.« drohte er flüsternd dem vollkommen verschreckten Wicht, der nicht mehr als ein leises »Verzeiht, Herr.« hervorbrachte. Als Hagerlin wieder auf dem Boden stand, schlichen sie weiter, bis sie die Hausmauer erreichten. Sie pressten sich an die Ziegelwand. Es gab mehrere Fenster. Rowoll atmete schwer, aber nicht wegen des weiten Weges, sondern weil er wusste, dass er jeden Augenblick Artur sehen würde. Er blickte in eines der Fenster, das offen stand. Und wieder war das Glück auf seiner Seite. Es war das Kinderzimmer von Artur. Er lag friedlich schlummernd in seinem Bettchen. Durch die offene Tür hörte man den Fernseher. Man sah das obere Ende von einem Ohrensessel und von Frau Großmanns Haarschopf quellte ein Haarbüschel hervor.

Vorsichtig duckten sich alle instinktiv. Auch Hagerlin, was natürlich sinnlos war, bei seiner geringen Größe. Rowoll deutete Suron vor dem Fenster stehen zu bleiben. Er gehorchte wie immer. Rowoll stieg über das Fensterbrett und Hagelin folgte ihm mühsam. Rowoll griff zu einem Bastkorb, der in der Ecke stand. Da er sonst als Wäschekorb diente, lagen noch frisch duftende sorgfältig zusammengefaltete Wäschestücke darin. Diese warf er achtlos auf den Boden, nur ein Laken ließ er auf dem Korbboden liegen. Dann nahm er Artur aus seinem Bettchen und legte ihn in die umfunktionierte Babytrage. Artur schlief so tief, dass er nichts bemerkte.

Rowoll reichte Suron den Korb und stieg dann eilends durch das Fenster. Für Hagerlin war dies eine schwierigere Übung und er bereute es, Rowoll nachgetrottet zu sein. Aber es nützte nichts, er stemmte sich mit seinen kleinen Armen hoch und rollte sich über das Fensterbrett und kam unsanft auf der anderen Seite an. Der kleine Trupp machte sich nun nach erfolgreicher Mission auf den Rückweg und Hagerlin musste sich sputen, um den beiden hoch gewachsenen Gestalten folgen zu können.

Florentine und Kenny entdecken das Tor zu Kronenland

Noch immer trieben sich Florentine und Kenny unschlüssig im Wald herum, »Ich weiß nicht, ob wir noch einmal zum Baumhaus gehen sollten. Zu mir nach Hause ist auch keine gute Idee«, meinte Florentine. »Du weißt doch, dass Mama mittags Artur schlafen legt und dann müssen wir ganz leise sein.«

Florentine dachte an Artur, er war gerade ein Jahr alt und wirklich süß. Mama war viel mit ihm beschäftigt. Sie behütete ihn besonders. Florentine war auch richtig verliebt in ihn und wenn ihre Mutter nicht aufpassen konnte, übernahm sie manchmal sehr gern die Mutterrolle. Aber heute war sie froh, ein bisschen Abstand von zu Hause zu haben, weil ihr so viele Dinge im Kopf herumgingen. »Außerdem ist es hier doch viel schöner.« meinte sie.

»Aber ich habe Hunger.« maulte Kenny.

»Warte.« sie ging zu ein paar Sträuchern und begann die Früchte darauf abzuklauben. »Hier.« Sie hielt ihm ihre Hand voll mit wilden Beeren entgegen.

Kenny hatte immer Hunger und aß für sein Leben gern, was man ihm nicht ansah. Er war ebenso groß wie Florentine. Nur war er unproportioniert. Seine Arme schienen zu lang zu sein und wenn er lief hatte man Angst, er würde über seine eigenen Beine stolpern. Nun blickte er mit seinen blauen Augen auf die dürftige Ausbeute von Florentines Beerensammlung. Sein blasses Gesicht spiegelte seine Enttäuschung wider.

»Na toll. Ist das mein Mittagessen?« fragte er vorwurfsvoll.

Plötzlich liefen alle Tiere, die eben noch um sie herumgetanzt waren, davon. Innerhalb kürzester Zeit hörte man nicht einmal mehr einen Vogel piepsen. Es schien sogar, dass die Blätter aufgehört hätten zu rascheln. Unweigerlich suchten Florentine und Kenny hinter den Sträuchern Schutz. Da sahen sie einen kleinen Trupp von fremden Männern vorbeiziehen. Zwei waren besonders groß und eigenartig gekleidet. Einer war auffallend klein und sputete sich die anderen beiden nicht zu verlieren. Sie trugen einen Korb und wirkten irgendwie gehetzt. Immer wieder sahen sie sich um, als ob sie Angst vor Verfolgern hätten.

Florentine deutete Kenny, dass sie ihnen folgen wird. Kenny versuchte sie zurückzuhalten, doch sie war schneller. So blieb ihm nichts anderes übrig, als ihr zu folgen. Er kam ihren flinken Beinen kaum hinterher. Ihre Füße schienen kaum den Boden zu berühren. Sie schlichen ihnen nach bis zur Mauer, die das Gelände zum alten Schloss abgrenzte.

»Was hat der eine da im Korb?« fragte Kenny nachdem sie hinter einem Busch wieder Deckung gesucht hatten.

»Pschscht.« zischte Florentine in Sorge, dass sie entdeckt würden. Doch das war nicht mehr wichtig, denn die Männer waren plötzlich verschwunden.

»Wo sind sie?« fragte Kenny.

»Los!« Florentine zog Kenny hinter sich her. Sie liefen bis zur Schlossmauer. »Wo sind sie hin?« fragte er noch mal.

»Wir suchen die Mauer ab. Irgendwo müssen sie doch rein gegangen sein.« meinte Florentine. Sie liefen kopflos durch das Dickicht. Sie bohrten sich förmlich in die widerspenstigen Zweige, sie drückten sie auseinander und krochen tiefer hinein. Wenn sie scheiterten, eilten sie zu einer anderen Stelle, um wieder von vorne anzufangen.

»Was machen wir hier eigentlich?« fragt Kenny und saß erschöpft in einem Gewirr von Zweigen Blättern und Schmutz. Seine Arme schmerzten von den Kratzern, die die rauen harten Zweige hinterlassen haben. Er stand auf und begann seine Kleidung abzuputzen.

»Ich weiß nicht, ein Tor oder sonst einen Durchgang suchen.« unaufhörlich grub sich Florentine in das Gehölz, das fast an die undurchdringlichen Rosenranken von Dornröschen erinnerte.

»Aber hier ist doch nirgends ein Tor. Das weiß ich ganz bestimmt.« bemerkte Kenny.

»Such weiter.« ihr Ton war außergewöhnlich aufgeregt.

»Aber was ist, wenn das die Leute sind, von denen Großmutter Emma immer erzählt hat.« versuchte Kenny weiter sie von ihrem Plan abzubringen.

»Unsinn. Das sind ganz normale Männer. Los such weiter.« befahl sie ihm wieder.

Nun wuselten wieder beide durch das kaum zu durchdringende Dickicht, das vor der alten verfallenen Steinmauer wuchs. »Da!« rief Kenny. »Ob sie da rein sind?« Florentine ging zu Kenny und sah eine Beschädigung in der Mauer, die so groß war, dass ein einzelner Erwachsener durchschlüpfen konnte.

»Was machen wir jetzt?« Kenny war klar, dass Florentine das Abenteuerfieber gepackt hatte und deshalb die Frage überflüssig war.

»Wir gehen hinterher.«

»Wozu?«

»Einfach so oder hast du was Besseres vor? Komm schon.« Kaum hatte sie ausgesprochen, war sie schon auf dem Boden und kroch durch den Spalt, Kenny folgte ihr schnell, um sie nicht zu verlieren. Ihm war nicht wohl bei der Sache. Er dachte immer wieder an Großmutter Emmas Erzählungen. Und außerdem fürchtete er sich. Nachdem sie durch den Spalt in der Mauer auf die andere Seite geschlüpft waren, klopften sie die Mauerreste von der Kleidung. Dann sahen sie sich in der fremden Umgebung um.

»Wo sind wir?« fragte Kenny. »Das ist doch nicht der Schlosspark.« stellte er staunend fest.

Florentine und Kenny blickten sich mit großen Augen um. Der Anblick verzauberte sie. Üppige Vegetation schimmerte in satten Farben. Es funkelte und glitzerte, als ob die Blüten und Blätter aus Edelsteinen bestehen würden. Alles duftete nach Natur. Vögel, wie sie sie bunter nie gesehen hatten flogen fröhlich umher. Schmetterlinge labten sich an exotisch wirkenden Blumen und zeigten stolz ihre Flügel.

»Das muss ein Teil vom Park sein, den wir nicht kennen.« meinte Florentine.

Das gibt es nicht, ich kenne jeden Winkel im Schlosspark, bis zu den verwilderten Ecken und du kennst sie auch.« belehrte er sie. »Das ist sicher das Land, von dem Großmutter Emma erzählt hat«, beharrte er, »und wir haben es gefunden.« er war so fasziniert von diesem Anblick, dass er für einen Moment vergaß, warum sie hier waren.

Florentine spürte, dass er Recht hatte. Oft wenn sie wieder die Abenteuerlust packte, schlichen sie heimlich im Schlosspark herum. Ein paar Mal hätte sie fast der Gärtner erwischt. Obwohl sie wussten, dass die Schlossbewohner Eindringlinge nicht sehr freundlich behandelten, ließen sie sich die unzähligen Erkundungsgänge durch den geheimnisvollen Schlosspark nicht nehmen.

»Schon gut, komm weiter.« drängte sie. Sie liefen durch den dichten Wald und es schien als würden sich vor Florentine alle Bäume, Gräser und Sträucher teilen und ihr Platz machen. Plötzlich hörten sie in der Ferne Kindergeschrei. Florentine blieb besorgt stehen und lauschte: »Das ist doch Artur.«

»Ach Unsinn, was würde denn dein Bruder ohne deine Eltern hier machen?«

»Pscht.« machte sie wieder. Sie lauschte nach dem Weinen. »Also wenn ich dir sage, das ist Artur.« Sie liefen dem Weinen entgegen. Doch so schnell sie auch liefen, sie konnten dem weinenden Kind nicht näher kommen.

»Warte, ich kann nicht mehr.« keuchte Kenny und ließ sich auf den Waldboden fallen. Er lag auf dem Rücken, hatte die Arme weit vom Körper gestreckt und atmete mit vollen Zügen in die Lunge. Florentine stand ein paar Meter weiter und schien zu überlegen. »Was jetzt?« fragte er nachdem er wieder ein wenig zu Atem gekommen war.

»Wir rasten ein wenig und dann gehen wir weiter.« entschied sie, ging die paar Schritte zu Kenny zurück und ließ sich neben ihm auf den erdigen Boden nieder. Er setzte sich auch auf, legte die Arme um die angezogenen Beine und stütze sein Kinn auf den Knien ab.

»Das ist sinnlos. Wie willst du die Männer finden? Wenn sie wirklich Artur haben, müssen wir zurück und Hilfe holen.« inzwischen wurde er fast panisch, wenn er darüber nachdachte, dass sie sich in dem fantastischen Zauberland befanden. Er blickte sich ängstlich um, da er fürchtete hinter jedem Baum und Strauch könnte sich eine Hexe oder ein Monster verstecken. Da hörten sie wieder das weinende Kind. Er glaubte nun ebenfalls erkannt zu haben, dass das Weinen zu Artur gehörte. Nach kurzer Zeit konnten sie kaum mehr hören, wo sich die Kinderstimme hinbewegte. Er war hin und her gerissen zwischen Furcht vor den unbekannten Männern, was ihnen zustoßen könnte, wenn sie entdeckt würden und Angst um Artur, den er lieb gewonnen hatte, wie einen eigenen Bruder.

»Das dauert zu lange, bis wir jemanden geholt haben.« schüttelte Florentine den Kopf. »Wir suchen Artur. Wenn wir ihn gefunden haben, sehen wir weiter. Los komm schon, wir müssen uns beeilen.«

Bevor sie wieder weitereilten, tranken sie aus dem klaren Bächlein, das sich durch den Wald wie eine Schlange schlingerte. Erfrischt setzten sie ihren Weg fort. Sie sahen nicht den traumhaften Anblick des Baches, der den Wald teilte. Er musste eine kleine Stufe im Boden überwinden, was einen wunderschönen Wasserfall entstehen ließ. Das Rauschen tat der Seele gut und hätten die beiden Zeit gehabt, wäre dies ein wunderbarer Platz gewesen, um die Natur zu beobachten.

Hat Rowoll gesiegt?

Inzwischen war es Nachmittag geworden. Rowoll trug Artur in dem Korb. Er hielt ihn erstaunlich behutsam, denn er wusste, dass er ihn noch brauchen würde. Trotz dieses Augenblicks des Glückes wirkte er ungeduldig und nervös. Je länger sie unterwegs waren, umso mehr türmten sich graue Wolken vor die Sonne und das Tageslicht versank immer mehr in düsterer Stimmung.

»Meister, nun habt ihr es geschafft. Jetzt könnt ihr triumphieren. Vielleicht gönnt ihr euch eine kleine Rast.« erniedrigte sich Hagerlin. Nicht nur um Rowoll zu gefallen, sondern er war schon sehr erschöpft. Während Suron dank seiner großen schlanken Gestalt keine Mühe hatte seinem Vater zu folgen, musste der Kleinwichtel an die Grenzen seiner Kräfte gehen, um die beiden nicht zu verlieren. Das war nicht verwunderlich, denn für jeden Schritt, den die beiden Hünen machten, musste er drei machen. Doch Rowoll dachte nicht daran, auf ihn Rücksicht zu nehmen. Die beiden überwanden problemlos den unebenen Waldboden, während für Hagerlin alles im Wald zum Hindernis. Er hüpfte, sprang oder lief um Steine, Wurzeln und sogar Maulwurfshügel zu bewältigen. Er war nur froh, dass er durch sein Leben im Wald sich Ausdauer im Laufen angeeignet hatte.

»Nein, keine Rast, weiter«, trieb Rowoll ihn gnadenlos an, »wir müssen uns beeilen. Seine Mutter ist eine sehr kluge und mächtige Fee. Sie wird ihn sicher schon suchen.« Rowoll eilte einen Weg entlang den Hagerlin nicht kannte. Ihm war bange, denn er hatte die Orientierung verloren und wenn er es nicht mehr schaffen würde, den beiden zu folgen und er sie aus den Augen verlieren würde, wüsste er nicht, in welche Richtung er gehen müsste.

»Wo bringt ihr ihn hin, Großmeister?« wagte der Wicht in seiner üblich untertänigen Art zu fragen. Er erhoffte so Informationen zu erhalten, die ihm helfen würden, den Weg zu erkennen.

»Wir bringen ihn zum Schloss, dort werde ich die Kräfte auf meinen Sohn umleiten, erst dann haben wir es wirklich geschafft. Aber spar deinen Atem, weiter jetzt.« Wie zum Protest weinte Artur laut auf. »Weine nicht, du unwürdiger Wurm, wenn alles vorbei ist, kann dich deine Feenmutter zurück haben.« ohne weiter auf das Gebrüll von Artur oder auf den todmüden Hagerlin zu achten, hetzte er weiter seinem Ziel entgegen. Jetzt erst wurde Hagerlin so richtig bewusst, was er angerichtet hatte. Wenn es Rowoll tatsächlich gelingen sollte, an die Macht zu kommen, würde nicht nur über sein Dorf, sondern über ganz Kronenland Unheil hereinbrechen.

Florentine und Kenny auf der Suche nach Artur

Wie willst du sie finden?« fragte Kenny, während er wieder hinter Florentine hereilte. Inzwischen hatten sie aufgehört zu rennen, sie gingen mit langen eiligen Schritten weiter. »Wenn wir noch weitergehen, finden wir vielleicht nicht mehr zurück. Ich bin nicht einmal sicher, ob wir jetzt noch zurückfinden.« gab Kenny zu bedenken.

»Ich glaube ich weiß wo wir hin müssen.« rief Florentine und setzte unbeirrt ihren Weg fort.

»Wieso? Heißt das, du weißt wo sie sind? Also warst du doch schon einmal hier.« war Kenny gekränkt, denn die beiden waren als Freunde unzertrennlich und hatten auch keine Geheimnisse voreinander.

»Nein, war ich nicht.« stellte Florentine richtig. »Aber ich weiß einfach wo wir hin müssen.« Florentine erkannte das Land aus ihren Träumen wieder. Sie war sich sicher, den richtigen Weg zu finden. Wie von einer Schnur gezogen strebte sie selbstsicher einem noch fiktiven Ziel entgegen.

Resignierend zuckte Kenny mit den Schultern und marschierte weiter Florentine hinterher. Kenny konnte sich nicht erklären, wie sie so lange unterwegs sein konnten, ohne etwas wieder zu erkennen. Von der Länge des Weges schien es, als ob sie etliche Male um den Schlosspark gelaufen wären. Nach einem nie enden wollenden Fußmarsch deutete Florentine ihm plötzlich leise zu sein und sich zu ducken. Sie schlichen hinter einen Felsen. Kenny kauerte neben Florentine. Sie starrte in eine bestimmte Richtung und ihr erhobener Zeigefinger forderte ihn auf seinen Blick dort hin zu wenden. Langsam drehte er sich um. Er glaubte kaum, was er sah.

Ein kleines Dorf stand da, mit niedlichen Häusern. Was er nicht wissen konnte, es war das Dorf von Hagerlin und sie waren vom Stamm der Pagoner. Sie gehörten den Gnomen an und waren kleine einfache aber fleißige Lebewesen. Hinter dem Dorf sah man in der Ferne auf einem Berg einen palastähnlichen Bau. Dieser war umgeben von einem riesigen, undurchdringlich wirkenden Labyrinth aus Ästen und Blättern.

»Also hatte Großmutter Emma doch Recht.« flüsterte Kenny, während er mit aufgerissenen Augen auf das düstere Schloss starrte. Er war so erstaunt, dass er vergaß Angst zu haben.

»Da müssen wir hin.« riss Florentine ihn aus seiner Verzückung und zeigte nun weit über das kleine Dorf in Richtung Rowolls Domizil. »Aber wir müssen das Dorf umgehen, damit uns niemand entdeckt. Womöglich gibt es dann Aufruhr und das wäre nicht gut. Danach laufen wir durch das Labyrinth den Berg hinauf.«

»Das schaffen wir nie. Es wird doch schon dunkel. Da brauchen wir Stunden und sicher werden wir uns verirren.«

»Ach Unsinn, es ist nur trüb und neblig, wir haben noch genug Zeit. Los komm jetzt.« Kenny hatte längst aufgegeben, darüber nachzudenken, warum Florentine ihrer Sache so sicher war. Aber vielleicht hatte sie wie er nur Furcht um Artur und inzwischen war es ihm egal, dass er Ärger kriegen würde, weil er zu spät nach Hause kommen wird. Vielmehr hatte er Angst davor, was ihn noch erwarten würde, wenn sie tatsächlich das Labyrinth durchquerten. Aber noch größer als seine Angst vor dem Labyrinth, wurde die Sorge um Artur. Deshalb trottete er weiter artig hinter Florentine her.

Hagerlin plagt das Gewissen

Hagerlin zappelte von einem Bein auf das andere. Endlich sah er die Gestalt, die er erwartete: »Mutter, endlich. Ich habe nicht viel Zeit.« Sie umarmten sich flüchtig.

»Warum bringst du dich in Gefahr? Kehre um, sonst bekommen wir alle Rowolls Rache zu spüren.« Kiri freute sich ihren Sohn zu sehen, doch ebenso fürchtete sie um sein Leben, wenn er Rowolls Zorn erwecken würde.

»Es muss sein, ich muss es jemanden sagen«, erklärte Hagerlin, »er hat mich gezwungen den Nachfolger zu suchen. Ich habe ihn entdeckt und verraten, dann hat Rowoll ihn entführt.« man konnte den Schrecken in Kiris Augen sehen. Hagerlin sah beschämt zu Boden.

Kiri hielt eine Hand vor ihren Mund, um sich selbst daran zu hindern, einen kleinen Schreckensschrei auszustoßen. »Hagerlin, wie furchtbar.« Es dauerte einen Moment, bis sie den ersten Schrecken überwunden hatte. »Was hat er mit ihm gemacht?« fragte sie ängstlich.

»Er hat ihn in seine Burg gebracht und ich habe Angst, dass er die Macht übernehmen will.« Hagerlins Furchtsamkeit war nicht zu übersehen.

»Glaubst du, er hat tatsächlich eine Möglichkeit gefunden, die Kräfte umzuleiten?« Bei den Gedanken an die Folgen, wenn Rowoll es schaffen würde, an die Macht zu kommen, verschlug es ihr fast den Atem. Hagerlin deutete mit einem zaghaften Schulterzucken an, dass er das nicht ausschließen konnte.

»Was willst du tun, Hagerlin?« Sie fasste ihren Sohn an

den Schultern, so dass er ihr ins Gesicht sehen musste. »Das können wir nicht zulassen.«

»Ich weiß, Mutter, wir müssen den Herrscher verständigen. Er ist der Einzige, der uns noch helfen kann. Ich werde zu seinem Haus gehen und ihm alles sagen.« Hagerlin bemühte sich ein klein wenig von seiner Selbstsicherheit wieder zu gewinnen. Er wusste, dass er viel dazu beigetragen hatte, dass Kronenland jetzt in großer Gefahr war und er wollte seinen Fehler wieder gut machen. Er fürchtete noch immer Rowolls Rache, aber inzwischen überwog die Sorge um den Frieden in Kronenland.

»Ich habe Angst, dass es zu spät ist. Rowolls Magie ist groß und der Herrscher ist alt geworden.«

»Ich muss es versuchen. Er ist der einzige, der uns jetzt noch retten kann.« er gab seiner Mutter einen flüchtigen Kuss auf die Wange. »Wenn Rowoll an die Macht kommt, sind wir alle verloren.« Mit diesen Worten verschwand er im Dickicht.

Florentine und Kenny auf den Spuren von Rowoll

Kenny und Florentine umrundeten das Dorf mit den kleinen Häuschen in engem Bogen. Fast wurden sie von zwei Pagonern entdeckt, die gerade Holz sammelten. Aber die kleinen Bewohner waren so mit den alltäglichen Dingen beschäftigt, dass sie die zwei Eindringlinge nicht bemerkten. Vor dem Labyrinth bei der Anhöhe angelangt, standen sie noch im Schutze eines Baumes und sahen hinüber zu dieser undurchdringlich scheinenden Barriere aus Holz, Dornen und Blattwerk.

»Lass uns umkehren, wenn es stimmt, was Großmutter Emma erzählt hat, haben hier alle Zauberkräfte und wir haben keine Chance.« bettelte Kenny im Anblick dieses Furcht erregenden Hindernisses nun wieder verzweifelt. Er spürte, wie ihn nach und nach der Mut verließ. Aber er wollte Florentine nicht im Stich lassen. Immerhin war sie seine beste Freundin und er wusste, dass es falsch war, sie in dieser Situation allein zu lassen. »Vielleicht haben wir uns doch geirrt und Artur macht friedlich zu Hause seinen Mittagsschlaf. Tine, lass uns bei dir zu Hause nachsehen, vielleicht ist unsere Phantasie mit uns durchgegangen.« Er nahm ihren Arm und versuchte sie wieder in die Richtung zu ziehen, von der sie kamen. »Wir können … «

»Unsinn, Schluss jetzt.« Florentine wand sich aus dem nicht sehr festen Griff ihres Freundes. »Ich weiß doch wie Artur weint. Glaub mir. Er ist hier irgendwo.« war

Florentine von Kennys ewigen Einwänden genervt. Kenny gab nicht auf.

»Na schön, umso wichtiger ist es, dass wir nach Hause laufen und Hilfe holen. Wir könnten doch Großmutter Emma fragen, was wir tun sollen. Sie weiß bestimmt Rat. Alleine können wir sowieso nichts machen, auch wenn wir ihn finden.« versuchte Kenny wieder an Florentines Vernunft zu appellieren.

»So schnell gebe ich nicht auf.« zeigte sich Florentine entschlossener denn je und machte wieder einen Schritt auf das Labyrinth zu.

»Das kann sehr gefährlich sein.« sagte eine leise, dünne Stimme zu den Beiden. Als sie sich umdrehten, stand eine Gestalt hinter ihnen, die einen guten Kopf kleiner war, als sie selbst. Aber sie war trotz ihrer Winzigkeit kein Kind. Ihre Fältchen und ihre grauen Haare verrieten, dass sie schon älter war.

Erschrocken starrten Florentine und Kenny in Richtung der Stimme und musterten die Gestalt ausführlich.

»Es ist nicht sehr höflich, jemanden so anzustarren.« beschwerte sich Kiri.

Endlich fand Florentine ihre Fassung wieder. »Wer sind sie?«

»Ich bin Kiri. Ich wohne im Dorf und wer ihr auch seid, ich rate euch gut, verlasst diesen verfluchten Ort.«

»Ich muss da rein. Ich bin sicher, dass Männer meinen kleinen Bruder entführt haben und sie im Labyrinth sind.«

»Dein Bruder? Dann bist du die Tochter von Odella?« sagte sie und wurde noch blasser, als sie schon war. Nun starrte sie Florentine entgeistert an.

»Woher kennen sie meine Mutter?« wurde Florentine neugierig.

Kiri ging nicht auf die Frage ein. »Auch wenn du die Tochter von Odella bist, rate ich euch trotzdem davon ab.« Florentine holte Luft, da sie Kiri widersprechen wollte, doch ehe sie etwas sagen konnte, redete Hagerlins Mutter weiter auf sie ein. »Das ist keine Sache für Küken wie euch. Seht ihr das Schloss da oben?« ihr kleiner Zeigefinger zeigte weit über ihre Köpfe. Beide nickten. »Das ist das Schloss von Rowoll, einem mächtigen Mann. Er beherrscht die Magie, wie kein zweiter. Und seht ihr das Labyrinth dort?« nun zeigte ihr Finger auf den Irrgarten. Wieder nickten beide. »Er hat das Labyrinth erschaffen, um Eindringlinge abzuhalten. Solltet ihr versuchen, es zu durchdringen, wird es euch ins Verderben stürzen.«

Nun unterbrach Florentine den Redeschwall von Kiri: »Es nützt nichts, ich muss zu Artur.«

So schnell gab Kiri nicht auf. »Glaub mir, Rowoll ist ein böser Mann, er hat vor langer Zeit meinen Sohn gezwungen, in seine Dienste zu treten und seither haben wir keinen guten Tag mehr gesehen. Er ist skrupellos und sein Sohn ist genau so schlimm. Ich wünschte, ich könnte euch helfen, doch ich konnte nicht einmal meinem Sohn helfen.« man merkte ihr an, wie ihr das Herz schwer wurde bei dem Gedanken an ihren Sohn.

»Irgendwas wird mir schon einfallen.« blieb Florentine stur.

»Glaub mir, es ist sinnlos, ihr habt keine Chance.« Kiris Stimme wurde nun fester und sie versuchte mit ihren Händen ihre Worte zu unterstreichen. »Nur der wahre Herrscher vermag ihm Einhalt zu gebieten. Ich warte seit Jahren auf den neuen Herrscher, damit er mir meinen Sohn Hagerlin zurückbringt. Unser alter Herrscher Grandos hat viel Kraft bei den Kämpfen mit den Schattenkriegern verloren. Aber ich habe gehört, bald ist es mit der Übergabe soweit und die Entscheidung wird fallen. So oder so. Hört mir zu.« Nun erzählte Kiri von dem ewigen Zwist zwischen Kandiolen und Pagonern. Florentine und Kenny hörten sich die Geschichte staunend an.

»Siehst du Florentine, gegen solche Zauberer können wir nichts machen. Lass uns umkehren.« fühlte sich Kenny durch Kiris Erzählung in seinem Plan umzukehren bestärkt.

»Hör auf deinen Freund. Selbst wenn dein Bruder bei Rowoll ist, du kannst nichts dagegen tun.«

»Danke für deine Warnung«, blieb Florentine stur, »doch ich komme schon zurecht.«

»Florentine«, Kenny war genervt von so viel Starrsinn, »hast du nicht gehört? Du wirst doch nicht trotzdem noch in Erwägung ziehen, da rein zu gehen?«

»Gerade deswegen. Kannst du das nicht verstehen? Ich lasse Artur in so einer Situation doch nicht allein. Die Männer haben Artur und ich hole ihn da raus.« Durch Kiris Erzählung war Florentine endgültig überzeugt, Artur von diesem gefährlichen Ort weg zu holen.

Florentine und Kenny im Labyrinth

Die drohenden Wolken waren inzwischen tiefer gesunken und berührten nun schon die Zinnen des Schlosses. Wütend rauschte der Wind durch die Blätter. Florentine ließ Kiri und Kenny einfach stehen und machte einen Schritt in Richtung Labyrinth und trat in einen kleinen Hohlraum, der ihr als Eingang diente. Kaum war Florentine durch diese Öffnung eingetreten, verschlangen sie Äste und Zweige und Kenny konnte sie kaum mehr sehen. Er lief schnell hinter Florentine her, um sie nicht aus den Augen zu verlieren.

»Warte!« rief er, »Ich komme mit!« Er musste sich beeilen, denn kaum sah er den Rücken von Florentine und glaubte sie einzuholen, verschloss sich das Geäst sofort wieder.

Die riesigen Büsche öffneten Wege, um dann in Windeseile wieder zusammen zu wachsen, kaum dass man einen Schritt getan hatte. Sie schienen ein trauriges Lied zu singen. Kenny glaubte die Worte »*kehrt um*« zu hören. Es war beängstigend. Aber vor Florentine wichen die Gewächse, als ob sie Respekt vor ihr hätten. Instinktiv griff er nach Florentines Hand und ging mit ihr nun Händchen haltend, wie ein Liebespaar weiter.

»Sieh dir das an«, war Kenny beeindruckt, »hast du so etwas schon gesehen?« Wenn Kenny sich umsah hatte er ein Gefühl, als würden die Äste und Blätter leben.

»Wir dürfen keine Zeit verlieren.« drängte Florentine ohne auf Kennys Bewunderung für das Labyrinth zu achten. »Komm weiter.« sie zog ihn hinter sich her.

Kenny musste darauf vertrauen, dass Florentine wusste, wo sie hin wollte. Auch ihm war bewusst, dass sie inzwischen viel zu weit gelaufen waren und nun gab es kein zurück mehr. Kenny wusste nicht, wie lange sie laufen mussten, bis sich hinter einem weiteren Weg, der wie alle anderen aussah, ein riesiger Platz auftat. Hinter dem Platz stand das mächtige Schloss von Rowoll. Es war imposant und ragte hoch in die Wolken, so dass man nur mehr einen Teil des Prunkbaues sehen konnte. Man hätte glauben können, dass die Zinnen den Himmel berührten. Eine dämonisch wirkende uralte Eiche stand davor wie ein Mahnmal für die drohende Gefahr.

»Hier ist es.« War sich Florentine sicher. Sie sah ein wenig erleichtert aus.

Kennys Eltern sind verärgert

Weitab in der Menschenwelt:

Entschuldigt die Störung«, Kennys Mutter stand an der Haustür, »ist Kenny bei euch? Er wollte zum Mittagessen zu Hause sein und bis jetzt ist er nicht aufgetaucht. Am Nachmittag kommt meine Schwester zu Besuch. Ich denke, er will sich vor dem Familientreffen drücken.« Kennys Mutter wirkte nicht beunruhigt, eher verärgert. Wenn er mit Florentine unterwegs war, vergaß er immer wieder die Zeit und verspätete sich. Aber sie war trotzdem froh, dass sich Kenny mit Florentine befreundet hatte und nicht mit einem dieser arroganten Kinder, deren Streiche nur Ärger brachten.

»Er ist mit Florentine weggegangen hat mir Odella gesagt. Die beiden treiben sich bestimmt wieder im Wald herum. Sie werden sicher bald auftauchen«, beruhigte Frau Großmann Clara. Sie war froh, Gesellschaft zu haben und ging zur Seite, damit Clara eintreten konnte.

»Kommen sie herein. Ich hatte sowieso gerade vor, mir Kaffee zu machen.« Frau Großmann schob Clara ein bisschen in die Küche. »Artur schläft heute besonders lang und da freu ich mich über Gesellschaft.« Sie wagte nicht, diese Einladung auszuschlagen. Während sie Kaffee zubereitete, stellte sie zwei geblümte Kaffeetassen sorgfältig auf die Untertassen.

Ich denke, die beiden werden jeden Moment kommen«, wiederholte sie, » und ich bin froh, dass ich nicht alleine Kaffee trinken muss.« geschäftig stellte sie Milch und Zucker bereit und legte zwei Kaffeelöffel auf die Untertassen.

»Das ist sehr freundlich, Frau Großmann. Ich kann aber nur kurz bleiben, sie wissen doch, meine Schwester wartet bei mir zu Hause.«

»Ich bin überzeugt, dass ihr Mann ein perfekter Gastgeber für seine Schwägerin ist und ein paar Minuten werden ihre Gäste sie schon entbehren können. Außerdem hat Odella Obstkuchen gebacken und alleine schmeckt er mir nicht so gut.« erfand Frau Großmann weitere Gründe für Claras Bleiben.

»Na schön, aber nur eine Tasse Kaffee und ein kleines Stück Kuchen zum kosten, dann muss ich wieder gehen.« ließ sie sich nun endgültig überreden.

Frau Großmann entdeckt die Entführung Arturs

So verging eine gute halbe Stunde, als Frau Großmann ein wenig unruhig wurde. »Also jetzt schläft er mir schon zu lange, dann ist er wieder abends überdreht. Ich sehe besser nach ihm.« meinte sie und blickte über die Schulter zur Kinderzimmertür.

»Ich muss jetzt sowieso los. Danke für den Kaffee und den Kuchen. Wenn Kenny bei ihnen auftaucht, schicken sie ihn bitte gleich nach Hause.«

»In Ordnung.« Frau Großmann begleitete Clara zur Tür und ging dann in die Küche, um das Kaffeegeschirr in den Geschirrspüler zu räumen und den Kuchen in die Aufbewahrungsbox zu geben. Dann ging sie zügig in Arturs Kinderzimmer. Plötzlich wich das Blut aus ihrem Gesicht. Sie starrte in Arturs leeres Bett. Ihr blieb die Luft weg und es wurde ihr heiß und kalt. Ihr Herz begann wie wild zu klopfen. Panisch und ziellos lief sie im Haus hin und her und suchte an allen möglichen und unmöglichen Stellen nach Artur. Immer wieder rief sie seinen Namen. Sie lief in das Elternschlafzimmer, durchsuchte gegen ihre Angewohnheiten Kästen und Schränke. Sie lief in Florentines Zimmer und setzte dort ihre Suchaktion fort. Als sie erfolglos in allen Zimmern, im Garten und vor der Eingangstür gesucht hatte, blieb sie atemlos stehen, hielt sich nervös die Hand vor den Mund und flüsterte einige Male in sich hinein: »Was mach ich bloß? Was mach ich bloß?«

Dann endlich nahm sie den Telefonhörer und wählte Odellas Handynummer. Sie war nicht überrascht, dass Jan am Apparat war. Sie spürte, wie ihr die Tränen aufstiegen.

Jan und Odella waren wie geplant in einem Möbelhaus. Sie hatten nach Möbelstücken für Artur gesehen und nun saßen sie in dem kleinen Kaffeehaus, das sich in dem Kaufhaus befand und tranken eine Tasse Kaffee.

»Jan!« rief sie aufgebracht. »Jan! Sie müssen sofort nach Hause kommen!« Jan hörte sofort, dass etwas Schlimmes passiert sein musste. Frau Großmann begann nun zu weinen.

»Jetzt beruhigen sie sich. Sagen sie mir, was passiert ist.« Auch Jan begann das Herz zu klopfen. Odella sah ihn besorgt an, sofort bemerkte sie an Jans Ton, dass etwas passiert sein musste.

»Artur ist weg.« schluchzte sie und die Tränen liefen ihr über die Wangen.

»Was heißt weg? Frau Großmann, bitte versuchen Sie ruhig zu bleiben.« Odella versuchte ihm das Handy aus der Hand zu nehmen.

»Gib mir Frau Großmann, lass mich mit ihr reden.« doch Jan schob ihr sanft die Hand zur Seite und deutete an, dass er nicht daran dachte, das Handy weiterzureichen.

»Er ist nicht mehr da.« Sie hatte ein Papiertaschentuch aus ihrer Tasche genommen und wischte sich die Tränen ab. Doch es war aussichtslos, kaum hatte sie eine Träne weggewischt, kam eine weitere nach geflossen. »Es tut mir so leid, ich hätte früher nach ihm sehen sollen.«

»Unsinn, vielleicht hat Florentine ihn geholt.« versuchte er eine Erklärung zu finden.

»Das glaub ich nicht. Sie ist doch mit Kenny unterwegs. Clara war schon hier und hat ihn gesucht. Sie würden ihn doch nicht holen, ohne bescheid zu sagen.« Jan wusste, dass sie Recht hatte.

»Bitte, sehen sie noch einmal nach, vielleicht gibt es eine ganz einfache Erklärung.« Jan wollte es nicht wahr haben, noch hoffte er, dass sich alles als harmlos herausstellt.

»Aber ich habe doch schon überall nachgesehen. Sogar unter den Betten und in der Garage. Bitte, kommen sie sofort nach Hause. Ich weiß nicht mehr was ich tun soll.«

»Wir beeilen uns.« versprach Jan und beendete das Gespräch.

»Was ist los?« fragte Odella, obwohl sie bereits wusste, was passiert war.

»Artur ist weg. Frau Großmann sagt, sie hätte schon überall nachgesehen, aber sie kann ihn nicht finden.« er rief die Kellnerin heran um zu bezahlen.

»Ich habe es gewusst, ich habe zu lange gewartet.« Sie fing an ihre Sachen zusammen zu packen und machte sich bereit zu gehen.

»Frau Großmann weiß nicht wirklich, was passiert ist. Sie schläft doch manchmal ein. Vielleicht hat ihn ja doch Florentine zum Spielen geholt.« Als die Kellnerin nicht sofort kam, stand er auf und ging direkt zu ihr hin. Er drückte ihr einen Geldschein in die Hand, nahm Odella ein paar Pakete ab und beide gingen mit mächtigen Schritten in die Garage, wo sie ihr Auto geparkt hatten. Sie verstauten die Plastikbeutel unordentlich im Auto, stiegen rasch ein und kaum hatten sie die Türen geschlossen fuhr Jan mit zu hohem Tempo zum Ausgang.

Jan wollte Odella beruhigen, legte seine Hand auf ihre und meinte: »Du wirst sehen, bis wir zu Hause sind ist er wieder aufgetaucht.«

»Nein!« sagte sie viel zu laut und Jan zuckte ein wenig zusammen. Von Odella war man so einen lauten Ton nicht gewohnt. Sie ließ ihn wissen, dass sie keinen Widerspruch duldete. »Jetzt ist Schluss. Ich gehe zu meinem Großvater. Wir müssen Artur finden. Er ist in großer Gefahr und ich habe das zu lange ignoriert.«

Jan nickte. Er wusste, dass Odella recht hatte: »Dann los.«

Hagerlin warnt Grandos

Hagerlin kam atemlos an dem heimelig wirkenden Waldhaus an. Für einen Regenten wirkte dieser Wohnsitz zu bescheiden. Jede Vorsicht außer Acht lassend stürmte er Richtung Eingangstür. Wie aus dem Nichts tauchte ein Wolf auf. Er war außer sich vor Wut. Seine blanken, weißen Zähne hoben sich von dem dunkelgrauen, glänzenden Fell ab. Die große Narbe, die sich quer über seine Flanke zog, ließ ihn noch Furcht erregender aussehen.

Beinahe wäre Hagerlin mit ihm zusammen gestoßen. Durch seinen Kleinwuchs musste der Wichtel ihm direkt in die Augen sehen. Er glaubte bereits, seine letzte Stunde hätte geschlagen. Da hörte er die tiefe Stimme Grandos: »Schon gut mein Freund, von ihm droht keine Gefahr.« Der Wolf beruhigte sich sehr schnell, aber er ließ Hagerlin keinen Moment aus den Augen.

»Was willst du hier?« fragte Grandos.

»Bitte Herrscher, ich muss mit euch sprechen.« ohne eine Antwort abzuwarten, fuhr er fort. »Rowoll hat den Nachfolger entführt, ihr müsst ihn aufhalten, großer Meister.« sagte er gewohnt unterwürfig.

»Du bist doch der Diener von Rowoll. Warum sollte ich dir trauen? Vielleicht ist das eine Falle.«

»Rowoll hat mich gezwungen sein Diener zu werden und so lange es nur um mein Schicksal ging, habe ich getan, was er wollte. Aber jetzt kann ich das nicht mehr ertragen, weil ganz Kronenland in Gefahr ist. Das ganze Land würde unter diesem Tyrannen zu Grunde gehen und alle Bewohner würden keinen fröhlichen Tag mehr erleben. Auch meine Mutter nicht.« wurde Hagerlin wieder schwermütig.

»Großvater.« Grandos drehte sich um und für eine Sekunde ging sein Herz über vor Freude, seine Enkeltochter nach so langer Zeit wieder zu sehen und sie sah genau so reizend aus wie damals, als sie fort ging. Doch Odella hatte schlechte Nachrichten. »Großvater, er sagt die Wahrheit, Artur wurde wirklich entführt. Du musst mir helfen.«

»Odella, du bist zurück?« fragte er erwartungsvoll.

»Nur um Artur zu holen. Rowoll hat ihn in seiner Gewalt.« Odella stand nun ganz nahe bei Grandos.

Grandos nahm ihre Hände in seine. »Ich werde tun, was ich kann, aber ich bin alt und schwach geworden. Odella, du musst mir helfen. Ich kann die Lage allein nicht mehr unter Kontrolle halten.«

»Bitte, Großvater. Weißt du wo Artur ist? Wir müssen zuerst ihn finden.«

»Ich weiß wo er ist. Er hat ihn auf sein Schloss gebracht, aber ich muss zurück, bevor Rowoll etwas merkt, sonst schöpft er Verdacht und ist gewarnt.« wurde Hagerlin nervös.

»Du hast Recht. Beeil dich kleiner Freund«, sagte Grandos zu Hagerlin.

»Folgt mir.« mit sicheren Schritten führte Grandos Odella und Jan in den Wald.

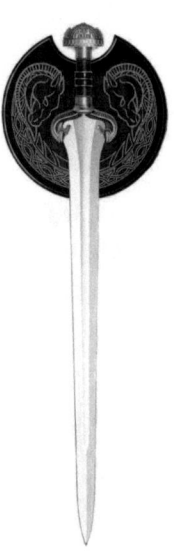

Endkampf um die Herrschaft

Die Atmosphäre auf dem Platz der sich Florentine und Kenny öffnete, strahlte Unsicherheit und Unruhe aus und hatte etwas Beängstigendes.

»Was willst du hier?« hörten sie plötzlich eine Stimme hinter sich. Als sie sich umdrehten stand ein alter Mann hinter ihnen. Seine weißen buschigen Augenbrauen verliehen ihm ein einschüchterndes Aussehen. Sein schwarzer Umhang ließ ihn noch bedrohlicher erscheinen. Florentine ging ohne Furcht auf ihn zu.

»Wo ist Artur. Was haben sie mit ihm gemacht?« Florentine schien entschieden, den Kampf gegen die Übermacht aufzunehmen.

Noch bevor sie ausgesprochen hatte, erkannte sie hinter Rowoll Artur. Er saß vor einem Mann auf einem Steinsockel und streckte die Ärmchen nach Florentine aus. Neben dem Stein stand die ungewöhnlich imposante Eiche, deren riesige Krone fast den gesamten Platz in einen dunklen Schatten hüllte.

Hagerlin, der kleine Wicht, der abgehetzt nach dem Besuch bei Grandos von dem Seitentor aus dem Schloss huschte und sich neben Rowolls Sohn stellte, fiel ihr gar nicht auf. Sie machte einen Schritt auf Artur zu, doch Rowoll stellte sich ihr in den Weg.

»Das ist kaum zu glauben wie ähnlich sie ihr sieht.« sagte Rowoll mehr zu sich selbst, als er Florentine sah. »Du kleines Würmchen geh nach Hause, das hier geht dich nichts an.« donnerte er mit seiner Stimme in Richtung Florentine.

»Und ob es mich etwas angeht. Ich will meinen Bruder zurück.« sie war wild entschlossen, Artur von hier wegzuholen.

Rowoll machte eine Handbewegung gegen den Himmel. Wie aus dem Nichts tauchten kriegerische Gestalten auf und bildeten um den Platz einen Kreis, um klar zu machen, dass sie keine Chance hatte.

»So, so, du bist also gekommen, diesen unbedeutenden Wurm zu holen. Keine Angst, ich tu deinem Bruder nichts, ich hole mir nur etwas, das schon lange mir gehören sollte. Ihr Kandiolen seid doch unfähig Kronenland zu beherrschen. Ich werde ein reiches Land daraus machen. Mein Reichtum und meine Macht wird alles übertreffen.«

»Ich habe keine Angst.« tatsächlich schien es Kenny so, als ob Florentine furchtlos wäre. Er hatte schwer daran zu kämpfen, dass niemand bemerkte, dass ihm die Knie zitterten.

»Dein Geld ist mir egal, ich will nur meinen Bruder, dann werde ich gehen.«

Rowoll lachte lauthals auf. »Und wenn nicht? Was willst du schon ausrichten? Glaubst du, deine bescheidenen Kräfte können mich beeindrucken. Du musst noch viel lernen, bevor du dich mit jemandem wie mir messen kannst.«

Rowolls Herz begann zu rasen als er Nafru aus dem Labyrinth kommen sah, er wusste, er hatte keine Zeit mehr.

»Wovon reden sie?« Florentine verstand nichts, von dem was er sagte. Er ignorierte sie und wollte sich rasch wieder Artur und der beginnenden Zeremonie zuwenden, als die Stimme Odellas erklang: »Deine Arroganz war schon immer deine größte Schwäche Rowoll.«

Wie vom Blitz getroffen drehte sich Rowoll um und sah Odella, die in Begleitung ihres Mannes und Grandos, des Herrschers war. Er starrte sie entgeistert an. Auch Suron fixierte Odella. Kenny nützte die Gelegenheit. Niemand achtete auf ihn. Er schlich sich bis an den Sockel, auf dem Artur saß und hob ihn zu sich herunter. Er setzte sich auf den Boden und drückte Artur schützend an sich.

»DU!? Was willst du hier? Es ist zu spät. Niemand kann mich mehr aufhalten.« Zum ersten Mal konnte man Unsicherheit in Rowolls Stimme erkennen.

»Du täuschst dich, denn es ist bereits zu spät, aber für dich.« sagte Odella zu Rowoll und konnte nicht verbergen, dass sie diesen Augenblick genoss.

Mit einer Handbewegung deutete er den dunklen Gestalten, Odella zu packen. Im nächsten Moment stürmten sechs Krieger auf die drei Erwachsenen zu.

»Nein!« schrie Florentine erschrocken und fasste instinktiv nach der alten Eiche. Im nächsten Moment kam ein Sturm auf. Florentines Gesichtsausdruck war verärgert und der Sturm löste das rote Band in ihren Haaren. Die Locken umwehten wild ihr Gesicht. Die Äste des riesigen Baumes füllten sich mit Leben und begannen unnatürlich schnell zu wachsen. Sie schlangen sich um zwei Krieger, die ihre Mutter packen wollten und hoben sie hoch in die Luft. Ein anderer Zweig peitschte den beiden Angreifern ihres Vaters mitten ins Gesicht, so dass sie in hohem Bogen auf die Erde prallten. Den beiden Gestalten, die Grandos angriffen erging es ebenso schlecht. Wie durch Zauberei wuchsen Wurzeln aus der Erde, die sich um die Beine der Angreifer schlangen. Laut schreiend versuchten sie sich am Boden fest zukrallen. Vergeblich. Die Wurzeln übergaben sie dem Labyrinth.

Plötzlich lösten sich ein paar Krieger aus der Formation und versuchten Florentine anzugreifen. Odella wollte Florentine zu Hilfe eilen, doch wie damals bei Andorella wütete Nafru durch die Männer und hinterließ eine Spur von wimmernden Gestalten.

Ein paar Sekunden später war alles wieder ruhig. Der Sturm hörte auf und außer dem Jammern der malträtierten Krieger war nichts mehr zu hören.

Florentine stand nun wie ein Häufchen Elend neben der Eiche, atmete schwer und schien einen Schock zu haben. Kenny starrte mit großen Augen Florentine an. Obwohl er schon einiges von seiner Freundin gewohnt war, konnte auch er nicht glauben, was er gerade gesehen hatte.

Artur saß nun weinend auf Kenny, der ihn immer noch instinktiv schützend umfasst hielt. Odella ging rasch zu ihm nahm ihn Kenny behutsam ab und begann ihn zu trösten. Rowoll stand regungslos mit aufgerissenen Augen da und glotzte Florentine an.

»Tja.« sagte Odella, die nicht überrascht schien, »wie gesagt, es ist zu spät. Darf ich dir die neue Herrscherin von Kronenland vorstellen. Du hast den Falschen erwischt. Die neue Herrscherin hat ihre Kräfte bereits erhalten.« Die Krieger legten demonstrativ ihre Waffen nieder und sanken mit gebeugtem Kopf auf die Knie.

»Nein.« flüsterte Rowoll, plötzlich bäumte sich sein Körper auf. »Nein!!« schrie er seinen ganzen Hass heraus, »Verflucht seid ihr alle. Wir haben uns nicht das letzte Mal gesehen.« drohte er in Richtung Florentine. Mit riesigen Schritten verließ er fluchtartig den magischen Platz in Richtung seines Prunkbaues, sein Sohn folgte ihm. Die beiden verschwanden in den dunklen Wolken.

Zurück blieb der kleine Wicht, der nun auf seinen Knien lag und bettelte: »Bitte, schickt mich nicht zurück, er wird mich ins alles verschlingende Labyrinth verbannen.«

»Du kommst mit mir.« sagte der abtretende Herrscher. »Ich kenne da jemanden, der schon lange auf dich warten musste.«

Odella hatte Artur inzwischen beruhigen können und lächelte ihn an. »Mein armer kleiner Schatz. Jetzt wird alles gut.«

»Majestät.« Kenny verbeugte sich verwirrt vor Florentine.

»Kenny, bist du verrückt geworden?« Florentines Verwirrung fand kein Ende.

»Ich weiß nicht«, sagte er nicht minder verwirrt, »kann schon sein.«

Florentines Mutter ging mit Artur zu ihrer Tochter: »Liebling, es tut mir leid, dass ich keine Zeit mehr hatte, dich vorzubereiten.«

Sie erzählte ihr die Geschichte von Kronenland. Von den Völkern und von ihrer Familie, die die schwere Aufgabe hatte, nicht nur Kronenland zu regieren, sondern das Gleichgewicht der Völker aufrecht zu halten. Grandos war Odellas Großvater, aber die Natur sucht sich die Herrscher unter allen Mitgliedern der Familie aus. Anfangs dachten viele, Odella wäre die nächste Herrscherin, da von ihr so viel Magie ausging. Nachdem ihre Eltern gestorben waren, als sie noch ein kleines Kind war, wuchs sie bei Grandos auf. Aber sie wurde nicht die neue Herrscherin. Als Florentine auf die Welt kam umgab Odella Florentine mit einem Zauber, der ihre Magie tarnte. Deshalb ahnte niemand von ihrer Bestimmung.

»Aber dass dieser kleine Mann auch schon so viel Magie ausstrahlt, dass Rowoll dachte, er wäre der neue Herrscher, hätte ich nicht gedacht.« fügte Odella entschuldigend hinzu.

Grandos wird noch ein paar Jahre die schweren Aufgaben weiter erfüllen, damit Florentine genug Zeit hatte zu lernen, was ihre Aufgaben sein werden.

»Das ist sehr schwierig. Sie wird einen treuen Freund wie dich brauchen können.« sagte Odella zu Kenny.

»Aber was kann ich ihr schon helfen?«

»Nun, ohne Florentines Vater hätte ich oft keine Kraft mehr gehabt, alles durchzustehen. Sie braucht jemanden, dem sie vollständig vertrauen kann und der sie auf ihrem kommenden Weg begleitet. Und du bist ein mutiger treuer Freund. Ich danke dir, dass du Artur beschützt hast.«

»Ach was, das war doch nichts.« wurde Kenny verlegen.

Heute konnten sie nichts mehr tun und alle kehrten erschöpft in ihre Häuser zurück. Frau Großmann war zu Kennys Eltern gelaufen und erzählte ihnen, dass Artur verschwunden war. Clara überlegte, ob sie ihren Sohn bei der Polizei als vermisst melden sollten, doch ihr Mann überredete sie, noch abzuwarten ob Florentines Eltern mit ihrer Suche Erfolg haben würden.

Alle waren so erleichtert, als die Vermissten endlich mit großer Verspätung zurückkamen, dass sie keine Fragen stellten. Als Frau Großmann Artur sah, begann sie sofort wieder zu weinen. Allerdings diesmal vor Glück.

Neue Zeiten für Kronenland

Florentines erste Aufgabe, die dunklen Krieger in die andere Welt zurück zu verbannen, schaffte sie mit der Hilfe von Nafru und Grandos. Die folgenden Tage befreiten sie alle Gefangenen aus dem magischen Labyrinth. Auch Adholm, den Wächter der Grenze, Lem seinen Diener und den Gärtner Fribo.

Am nächsten Tag trafen alle zu einem großen Fest bei den Kleinwichteln zusammen. Alle waren froh, die schlimme Bedrohung überstanden zu haben. Nun konnten sie zuversichtlich auf die kommende Zeit blicken.

Alles begann sich wieder zu normalisieren. Die Bewohner von Kronenland begannen wieder sich ihren alltäglichen Arbeiten zuzuwenden. Auch die Wächter der Grenze traten wieder ihren Dienst an.

»Florentine, ich bin froh, dass ich meine Last bald abgeben kann. Die Jahre sind nicht spurlos an mir vorbei gezogen und ich bin alt geworden. Du wirst in wenigen Jahren erlernt haben, deiner Bestimmung gerecht zu werden.« freute sich Grandos nun, seine Urenkelin öfter bei sich haben zu dürfen. »Natürlich wirst du noch viel lernen müssen und so lange es meine Kraft erlaubt, werde ich dich dabei unterstützen.«

Odella und Florentine sahen Nafru bei den Bäumen zum Wald stehen. Sie wussten, dass es Zeit für den Abschied war, seine Aufgabe war erledigt. Rowoll und Suron haben sich trotzend der neuen Macht gebeugt und der Frieden zog wieder in Kronenland ein. Nafru kehrte zurück in die Geisterwelt zu den Vorfahren.

Doch sie waren sicher, es wird ein Wiedersehen geben, denn das war sicher nicht Rowolls letzter Versuch die Macht an sich zu reißen. Die Tür zu neuen Abenteuern stand für Florentine und Kenny weit offen.